www.tredition.de

AF203280

Cat Avalon

Stirb

&

Erwache

www.tredition.de

© 2014 Cat Avalon
Umschlag, Illustration: Cat Avalon
Lektorat, Korrektorat: Cat Avalon

Verlag: tredition GmbH, Hamburg

ISBN
Paperback   978-3-8495-8220-3
Hardcover   978-3-8495-8221-0
e-Book   978-3-8495-8222-7

Printed in Germany

Kapitel 1

S Tille.

Zumindest im Außen.

Der Regen hat nachgelassen und einzelne Tropfen fließen entlang der Blätter auf den modrigen Waldboden.

Kein Wind.

Kein störendes Geräusch.

Nichts.

Bloß die erfrischende Klarheit, die sich an einem überhitzten Sommertag nach einem energiegeladenen Gewitter einstellt.

Befreiend.

Maggie befindet sich kniend am Fuße eines alten Nadelbaumes.

Hier ist es trocken geblieben, da das emporragende Geäst genügend Schutz bietet. Regungslos und etwas abwesend nimmt Maggie das Wetterschauspiel wahr.

Sie liebt die Natur.

Irgendetwas ist anders hier.

Wenn die künstlichen Klänge der Zivilisation verstummen und eine Art Urton an die Oberfläche dringt, so ein Ton, den man nicht hört, den man nur fühlt, wenn man genau hin spürt.

Dieser Ton, der alles beinhaltet was Maggie sich insgeheim wünscht, ohne, dass sie es je in Worte hätte fassen können. Hier fühlt sie sich zuhause, so von Grund auf geborgen. Irgendetwas lässt sie hier aufatmen.

Beruhigend.

In ihrem Inneren hingegen herrscht alles andere als Stille. Hier ist es betäubend laut.

Lärm.

Die Gedanken drehen sich im Kreis.

Unaufhörlich ziehende Kreise.

Die übliche Schallmauer aus Gedankenpartikeln, die gar nicht mehr sonderlich registriert werden, da sie zur benebelnden Gewohnheit mutiert sind. Gefangen ohne sich der Fesseln bewusst zu sein.

Doch Maggie hat bereits deren Knoten gelockert.

Lichte Momente werden häufiger.

Solche Momente, in denen Maggie treibende Gedankenwellen beobachtet. Momente, in denen sie sich des Raumes zwischen den einzelnen Fragmenten bewusst wird.

Stille.

Der heutige Ausflug in die Natur endet abrupt. Zeit scheint hier nicht existent. Maggie aber hat Termine, Termine mit der zivilisierten Welt. Und deren regelkonforme Struktur duldet keine Unpünktlichkeit aufgrund zeitloser Erlebnisse.

Arbeit nennt sich das für gewöhnlich.

In einem kleinen roten Blumenladen in unmittelbarer Nähe der örtlichen Kirche verbringt Maggie die Zeit, die sie opfern muss um ihren Lebensunterhalt zu verdienen.

Behutsam geht sie mit den Pflanzen um.

Jeder Arbeitsschritt, jede Berührung ist für Maggie eine Art bewegte Meditation. Die bedächtigen, wachsamen Bewegungen lassen sie innehalten. Ihre Konzentration ist dabei voll und ganz auf die Form und die Struktur der Pflanzen gerichtet. Maggie spürt genau, wie sie sich anfühlen, glatt, rau, pelzig oder weich. Ihr Geruch ist betörend, ob fruchtig, lieblich oder streng, jeder ist einzigartig und anmutiger als jedes ihr bekannte Parfum.

Und die Geometrie ihrer Beschaffenheit hat Maggie schon immer fasziniert.

Das ist Schönheit in Perfektion.

Gewöhnlich betrachtet man Blumen als Gebrauchsgegenstände, doch für Maggie sind es Lebewesen. Und irgendwie scheinen die Pflanzen das zu spüren. Maggie spürt, dass sie sich wohlfühlen. Der bewusste Umgang mit ihnen bedeutet für sie ein ständiges Dankbarsein dem Lebendigen gegenüber.

Besondere Erfüllung bereitet ihr die Arbeit aber nicht.

Sie spürt das Verlangen nach mehr.

Den Ruf des Herzens, der dieser unendlichen Leere entstammt. Die Leere, die man empfindet, wenn man sich in der Form verliert.

Doch was um alles in der Welt kann diese Leere ausfüllen?

Nichts.

Auf dem Weg nachhause in ihr kleines Appartement, am Waldrand gelegen, muss Maggie zwangsläufig durch den dröhnenden Verkehr der nächstgelegenen Großstadt. Betonlawinen mit stoisch dreinblickenden menschlichen Hüllen, die auf irgendeine Art und Weise funktionieren. Wirklich lebendig scheinen sie nicht zu sein.

In der Metro sitzend, ist Maggie wahrhaft von dem inhaltslosen Treiben absorbiert.

Sie fühlt sich wie einer der zahllosen grauen Lemminge, die auf der Suche nach Nahrung ihre Seele betrügen und blind vor Stumpfsinn in die Irre laufen, den Halt verlieren, abstürzen, ohne es je zu bemerken.

Um den Kreislauf geringfügig zu durchbrechen, schenkt Maggie spontan der ihr gegenübersitzenden alten Frau mit Hut ein herzöffnendes Lächeln. Und merkwürdigerweise – obwohl in öffentlichen Transportmitteln der unausgesprochene Kodex der Nicht-Persönlichkeit vorherrscht, niemand grundlos angesprochen, geschweige denn angelächelt werden darf – erwidert die alte Dame das Lächeln.

Offenheit.

Maggie fühlt sich bestätigt.

Nichts ist wie es scheint.

Angekommen in ihrer kleinen Oase, ihrer persönlichen Welt des Soseins, muss Maggie erstmal den Dunst der Materialität loswerden und nimmt ein, auf allen Ebenen reinigendes, Duschbad.

Mit Patschuliduftöl und einem rosafarbenen Badeschwamm.

Maggie liebt die Sinnlichkeit. Ästhetische Momente, erlebt in Berührung, Betrachtung, Klang führen sie hinaus aus den alltäglichen Routinen.

Prinzipiell löst die jeder Existenz innewohnende Ästhetik bei Maggie eine gewisse Wahrnehmungsveränderung aus. Die Zeit hält an, die Welt verstummt. Maggie berührt für einen Moment ihr eigenes Sein.

Verstärkte Aufmerksamkeit.

Gesteigerte Empfindung.

Völlige Präsenz.

Nur das, und genau jetzt.

«Wer bin ich?» fragt dieser leicht verwirrt umherblickende junge Mann im Ratespiel einer seichten Fernsehsendung.

«Dabei sieht er nicht danach aus, als ob er selbst die Antwort darauf wüsste.

Aber wer weiß so was schon!?»

Maggie stellt den flimmernden Kasten aus und denkt darüber nach.

Nein, sie meditiert darüber, denn das hat Maggie in ihren diversen esoterisch anmutenden Entspannungskursen bereits mitbekommen: die Gedanken müssen ruhiger werden.

«Aber wie? Und wenn, wer sagt mir dann, wer ich bin?»

Maggie findet keine Antwort.

Unruhe.

Auf bewegungsloses Rumsitzen hat Maggie auch überhaupt keine Lust gerade.   In ihr drin scheint alles unruhig zu sein.

Ein erholsames Bad, ein meditatives Philosophieren und doch ist da irgendwie dieses gestresste Unwohlsein.

Zuviel Kaffee den Tag über, Grübeleien, die ständigen inhaltslosen Gespräche mit irgendwelchen Leuten, mit denen Maggie eigentlich gar nicht reden würde wollen.

All das.

Dieses innere Gehetztsein, dieses Außersichsein und Nebensichstehen. Nichts hilft, je mehr Maggie dagegen anzukommen versucht, desto schlimmer wird dieses Gefühl.

Maggie ist genervt.

Und diese Frage lässt sie nicht los:

«Wer bin ich wirklich?» grübelt Maggie,

«Keine Ahnung!

Etwa die kleine, zierliche Maggie Sullivan, die mit ihrem pelzigen Mischlingshund Charlie in einem etwas abgelegenen Appartement am Stadtrand lebt?

Bin ich die schüchterne Blumenverkäuferin, die sich täglich diese grüne Schürze umbindet und dazu die langen, roten Locken hochsteckt?

Bin ich die Tochter meiner Eltern, die Schwester von Karen, die Freundin, die sich viel zu selten in die Unternehmungen ihres Freundeskreises einklinkt?

Bin ich die Frau, die sich selbst zu viele sinnlose Fragen stellt?

Im Moment fühl ich mich mir selbst gerade völlig fremd.»

Das unerwartete Klingeln an der Wohnungstür reißt Maggie aus ihren Gedanken.

«Ach Karen, gut, dass du mich ablenkst, ich frage mich die ganze Zeit, wer ich denn in Wahrheit bin, weißt du, so wirklich meine ich! Aber irgendwie fühlen sich all meine Antworten darauf falsch an, so inhaltslos, so oberflächlich, einfach nicht stimmig, weißt du was ich meine?»

Den etwas wunderlichen und genervten Gesichtsausdruck ihrer Schwester kennt Maggie bereits.

Karen besitzt so ein ganz anderes Wesen als Maggie, man könnte sagen, sie schwingen auf einer völlig unterschiedlichen Frequenz. Karen hat eine sehr rationale Art und Weise die Dinge zu betrachten, sie ist pragmatisch in ihrem Handeln und beruflich und lebenspraktisch sehr zielorientiert. Das sinnlich-verspielte Wesen ihrer Schwester Maggie ist für sie befremdlich und mit den lebensphilosophischen Fragen, die Maggie sich gerade stellt, kann sie nichts anfangen. Mehr noch, sie findet die ihrer Meinung nach weltfremden und abgehobenen Ansichten von Maggie völlig skurril.

«Ach Maggie» seufzt Karen, «komm endlich mal auf den Boden der Tatsachen und hör mit diesem Unsinn auf.

Das führt doch zu nichts.

Wen interessiert denn so was überhaupt?

Geh mal wieder mit deinen Freunden aus, sieh zu, dass du etwas Spaß im Leben bekommst, eben das, was alle machen!»

Maggie kannte die Antwort eigentlich, es war ja nicht das erste Mal, dass ihre Schwester derart reagierte.

Es wäre einfacher, sich zu verstellen, sich anzupassen, etwas gesellschaftskonformer zu denken, zu handeln, zu sein.

Aber irgendwie muss Maggie sich selbst treu sein, das spürt sie deutlich.

Kongruent sein, im Denken, Handeln und den gesprochenen Worten.

Friede im Innern.

«Karen meint es ja nur gut», denkt Maggie,

«sie will ja nur mein Bestes.

Aber was ist das Beste?

Warum soll ich tun, was alle tun?»

Karen scheint in ihrer Angepasstheit glücklich.

Zumindest zufrieden.

Sie erfüllt die gesellschaftlichen Normen, tut was von ihr erwartet wird. Sie hat diese gewisse beruhigende, Sicherheit vermittelnde Ausstrahlung, die man oft bei Menschen beobachten kann, die alles zu regeln versuchen und am besten auch noch gleichzeitig. Sie regelt ihren Job, ihre Familie, ihre Schwester Maggie, die Nachbarn, sich selbst und die ganze Stadt. Ohne Verschnaufen.

Den Schein wahren, ein Lächeln auf den Wangen, auch wenn sie innerlich weint.

Ein nettes Wort, selbst für den verhassten Exmann.

Künstliches Dasein, Selbstentfremdung.

Sie merkt es nicht einmal.

Dieses diffuse Gefühl von Unwohlsein, die Leere, die sie manchmal einholt, wenn die Kinder im Bett sind, der Fernseher verstummt ist und es im Außen still wird. Wenn nichts mehr da ist, um das sie sich kümmern kann, wenn sie nicht mehr gebraucht wird. Nichts, dass sie noch ablenkt, keine Information, die ihr Hirn mehr betäubt.

Aber diese Momente sind selten.

Dafür sorgt Karen unbewusst.

Maggie will raus.

Nur noch raus.

Am liebsten aus Allem, aus dem tristen Dasein, dem lieblosen Miteinander, raus aus der stillen Einsamkeit, die am deutlichsten hervorkommt, wenn sie in Gesellschaft Anderer ist, die sie nicht sehen, nicht sehen wer sie in Wahrheit ist.

Raus aus den Ketten ihrer Vergangenheit.

Innere Kälte.

Erstmal raus aus der Wohnung und in die Stille der Natur.

Zuflucht suchen.

Verschnaufen.

Kapitel 2

Die Abenddämmerung macht sich breit und taucht den Horizont in ein liebliches Rot.

Die Luft ist klar und noch sommerlich erwärmt.

Ein angenehmes Gefühl auf der Haut.

Freiheit.

Maggie spürt intensiv wie sich der Windhauch in ihren glänzenden Haaren verfängt und sie sanft umspielt.

Durchatmen.

All die Enge loslassen, die sich angesammelt hat.

Nicht erst seit dem Zusammentreffen mit ihrer Schwester Karen.

Nein, die innere Gefangenheit ist schon sehr alt.

Uralt.

Wirklich frei fühlt sich Maggie nie. Irgendwie ist da, ein Angehaftetsein, eine Starrheit, die sie innerlich ein-schnürt.

Unsichtbare Ketten, die sich wie ein straffes Band um ihre Fesseln winden und sie am Voranschreiten hindern.

Sie will gehen und kann es nicht.

Eine bedrückende Energie, klebrig und fest. Daraus konnte sie sich noch nie befreien.

«Lass mich los!»

Die Dunkelheit hat Maggie in ihrer Kindheit gelebt.

Ihre genetischen Eltern hat sie nie wahrgenommen. Bereits früh wurde sie in ein Kinderheim gegeben und später von einem freundlichen, aber gefühllosen Arbeiterehepaar aufgenommen.

Alleingelassen.

Abgeschoben.

Nicht gewollt.

Dieser Schmerz hat sich tief in Maggies Kinderherz gefressen.

Ihre Gefühle waren lange Zeit erstarrt.

Zu Eis gefroren.

Nichts mehr, keine Träne beim tödlichen Unglück des Spielkameraden, keine Freude an ihren Geburtstagen. Keine Regung, nur erstarrte Leere. Maggie hat nichts mehr spüren wollen, weil der Schmerz sie ohnmächtig hätte werden lassen, wenn sie auch nur einen Funken zugelassen hätte.

Der Schmerz unendlich, die Sinnlosigkeit überwältigend.

Unendliche Trauer.

Die Sonne ist mittlerweile verschwunden und hat eine frische Kühlung hinterlassen. Die Luft ist rein an diesem klaren Sommertag. Keine Wolke ist zu sehen. Die Dämmerung hat etwas Mystisches. Dieser Moment, wenn das Licht nachlässt, aber das Dunkel der Nacht sich noch nicht vertieft hat. Es ist schwer, den Blick noch scharf zu fokussieren, man versucht es gar nicht erst, sondern lässt sich treiben in die Unscharfheit.

Fallenlassen.

Loslassen.

In ihrer Kindheit war Maggie wie gelähmt von dem unaufhörlichen Schmerz nicht geliebt zu sein.

Und das Anhalten der Zieheltern zum Funktionieren hat sie immer mehr verkümmern lassen innerlich.

Niemand hat ihren Schmerz sehn wollen.

Niemand hat *sie* gesehen.

Wie soll sie da funktionieren und warum?

Wenn da nichts ist, was Halt gibt, nichts, das Sinn erschafft.

Es ist einfach nichts.

Niemand.

Diese unendliche dunkle Leere hat Maggie auf die Suche gehen lassen.

Auf die Suche nach Irgendwas, das sie nicht fassen, nicht beschreiben konnte. Irgendetwas, das beständig ist, etwas das Sicherheit erzeugt, inmitten all der Unzulänglichkeit, etwas das Halt vermittelt, wenn man sich längst verloren hat, etwas, das die unzähligen Tränen trocknet, die Maggie jeden Abend geweint hat. Etwas Wahrhaftiges. Etwas, das all die dumpfsinnige Leere der weltlichen Ausformungen in sich aufsaugt und eine sinnvolle, allumfassende Gegenwart erzeugt, die nichts mehr vermissen lässt.

Die Suche nach dem Göttlichen.

«Ach, wann komm ich nur endlich an?» schnauft Maggie.

Stundenlang ist sie gedankenverloren durch Wiesen und Felder gelaufen um nun auf einer kleinen Anhöhe niederzusitzen.

Maggie blickt sehnsüchtig auf das unter ihr liegende Tal herab.

«Von hier aus sieht alles so winzig aus, so bedeutungslos, nichtssagend.

Man ist gewöhnlich selbst eine kaum wahrnehmbare Amöbe im weiten Raum des Kosmos`, unbedeutend klein ertrinkt man im Sog der Masse.»

Vergänglich.

Was bleibt?

Neben dem großen Stein auf dem Maggie Platz gefunden hat, fällt ihr Blick auf die halbverwesten Überreste eines Vogels. Man kann nicht mal mehr erkennen, um welche Art von Vogel es sich zuvor gehandelt hat.

Maggie hält inne.

Die Wirklichkeit hat sie eingeholt und lässt sie andächtig erstarren.

Der Anblick des zu Staub zerfallenden kleinen Tierkörpers hat sie irgendwie wachgerüttelt aus der üblichen Benebelung, der Traumwelt der Machbarkeit, der gesellschaftlichen Verdrängung, die den Pol des Todes ausblendet.

Stirb und werde, Geburt und Endlichkeit wird einseitig überformt und das Unliebsame wird an den Rand des öffentlich Sichtbaren verschoben.

Angst.

Die Konfrontation mit dem körperlichen Verfall bringt Maggie in eine diffuse Gefühlswelle des Unwohlseins, der demütigen Verwirrtheit, der beunruhigenden Unsicherheit.

«Gerade war der Körper noch in seiner bewussten Lebendigkeit, einen Moment später ist das Leben ausgehaucht. Dann zerfallen!»

Eine kurze Zeitspanne.

Ein Augenblick, immer derselbe und doch völlig unterschiedlich für das Lebendige, das sich auf so unterschiedliche Art und Weise darin erfährt.

«Welchen Sinn ergibt das ganze bloß?»

Maggie ist irritiert und wendet ihren Blick in die Ferne, da sie die aufkommende, angstbesetzte Unwissenheit nicht ertragen kann.

Die sich immerzu drehenden Windräder am Horizont beruhigen sie etwas. Sie vermitteln ihr gerade ein Gefühl von Ruhe, von Beständigkeit.

Zyklische Kontinuität.

Das Rad des Lebens dreht weiter, ob man will oder nicht. Ob man sich ängstlich festklammert oder sich mutig in dessen Fließen fallen lässt.

Maggie wird schwindelig, alles dreht sich in ihrem Kopf.

«Was bleibt übrig, wenn der Körper in sich zusammenfällt, die Form, die Moleküle des ihn umgebenden

Raumes annimmt, sich auflöst, transformiert, so als wäre er nie da gewesen?»

Maggies Gedanken kreisen heftig.

«Gibt es mich dann noch, oder ist alles ausgelöscht?»

Maggie kann die quälende und ängstigende Unruhe nicht mehr ertragen. Sie springt auf und kehrt mit schnellen Schritten nachhause zurück.

Kapitel 3

Spät am Abend klingelt unerwartet das Telefon.

Luise, eine flüchtige Bekannte, möchte Maggie zu einer dieser oberflächlich anmutenden Partynächte überreden. Hier und dort ein Bier, eine Zigarette um die Unsicherheit, den Frust und sonstige unerwünschte Gefühle zu betäuben, laute Musik, um die Gedanken zum Schweigen zu bringen, gespielte Heiterkeit im Getümmel der Menschenmassen um die Einsamkeit auszublenden.

«Im Moment eigentlich gerade das Richtige», findet Maggie.

Verdrängung.

Ein wenig Farbe für das müde anmutende Gesicht, etwas Puder um die ersten Falten zu verdecken, denn die Zeichen der Zeit will niemand sehn, nicht wahrnehmen, nur verstecken. Alles muss verdeckt werden, wofür man am Ende nicht geliebt wird. Denn diese Liebe ist der Fixstern, nachdem alles Handeln ausgerichtet wird. Auch wenn es eine eiskalte Liebe ist. Eine Liebe, die an unendlich viele Bedingungen geknüpft, die wertend und unbarmherzig ist. Eine fordernde und selbstgerechte Liebe, die nie bedingungslos liebt. Wenn man einmal einen Funken davon erhascht und man das Glück in den eigenen Händen glaubt, wird sogleich der Krater im Herzen tiefer.

Die Sehnsucht wird nie gestillt.

Die Sehnsucht nach wahrer Geborgenheit, nach tiefem Angenommensein.

Nie wird die Liebe erfahrbar, solange man sie dem äußeren Pol abverlangt. Sie entrinnt und erhält einen fahlen Geschmack der zeitlichen Begrenzung.

Nachdem Maggie ihre physische Hülle äußerlich in Form gebracht hat, verlässt sie die Wohnung.

«Wo findet man bloß die wahre Liebe?» fragt Maggie genervt, als sie und Luise in der Diskothek von einem zwielichtigen Halbwüchsigen im weißen Rippenshirt vulgär angesprochen werden.

Luise wirft ihr einen verständigen Blick zu und steuert zielsicher zur Theke und bestellt das erste Bier.

Ein Hauch von Benebelung.

Beruhigung.

Die Gedanken und Gefühle sind still. Eine Art von Sucht nach deren Betäubung.

Befreiung.

Die Begrenzung ist Aufgehoben.

Maggie spürt, wie schon so oft im Zusammenhang mit Alkohol, die Distanzlosigkeit schwinden.

Nichts ist mehr da.

Die kreisenden Gedanken, die schmerzhaften Gefühle, die zurückhaltende Unsicherheit, die hinderlichen Ängste, Scham und Anstand, alles hat sich zu einer unbewussten, benebelten Erfahrung des gegenwärtigen Moments transformiert.

Nur hier, nur jetzt.

Aber nicht ganz da, eben betäubt und verwirrt.

Maggie steuert zielstrebig Richtung Tanzfläche.

Frei sein.

Fliegen.

Nur der Beat der Musik.

Sie schließt die Augen und lässt sich treiben.

Dahinfließen auf den Wellen der Klänge.

Bunte Farben pulsieren vor Maggies innerem Auge.

Das Vibrieren der Bassbox durchdringt jede einzelne Zelle, intensiv, wie das seichte Prickeln beim Slowsex, doch ohne jegliche Berührung, nur das zarte Streicheln der Klangvibration.

Alles ist Klang.

Der junge, unverschämte Typ vom Eingang berührt wie zufällig Maggies Haar.

Er hat sich unbemerkt von Hinten ihren kreisenden Tanzbewegungen angeschlossen.

Viel zu nah.

Sein Atem haucht an ihrem Nacken entlang. Ein viel zu fordernder Atem.

Die Wärme seines Schoßes ist deutlich an ihrer Hüfte zu spüren. Eine viel zu aufdringliche Berührung.

Aber Maggie lässt es geschehen.

Nicht weil sie es so will.

Nein, eben nur, weil es gerade so ist und weil das Bier ihr die Tür zur ungezügelten Empfindung geöffnet hat.

Keine lästigen Gedanken, keine Bewertungen, nichts, was sie unter normalen Bedingungen von all dem abhalten würde.

«Noch ein Bier?»

Luise holt Maggie kurz zurück aus ihrer diffusen Nebelwelt.

«Unbedingt!»

Die dunkle Seite von Maggie, die sie gewöhnlich verdrängt, birgt zwei extravagante Vorlieben.

Den Hang zum Sex und den Hang zum Spiel.

Und am Liebsten eben beides zusammen.

Das sexuelle Spielen, ein Spielen mit Reizen, mit Blicken, mit dem Körper, ein Spielen an sich und ein Spielen mit etwas, der eigenen Lust, neuen Empfindungen, mit einem Gegenüber.

Im Zentrum zwei ambivalente Impulse:

Einerseits der des Hinwendens, des Nähe Zulassens, des sich Verlierens in der Empfindung, dem Gegenüber, dem Moment.

Andererseits der gegenläufige Impuls des sich Zurückziehens, sich Verschließens, des Abwendens.

Das Liebesspiel treibt diese gegenläufige Bewegung zur Perfektion.

Die Realisation der polaren Ausformung auf Körperebene: von Nähe zu Distanz, vom Geben zum Empfangen, von Vereinigung zur Trennung.

Und genau das reizt Maggie insgeheim.

Das Verschwimmen der Polarität.

Je mehr man sich dem einen Impuls annähert, desto deutlicher spürt man den anderen in ihm emporsteigen und irgendwann löst sich alles auf.

Nichts und doch wiederum alles.

Nur das.

Wie die eigene Geburt.

Der Urform des Lebendigen.

Das Mütterliche.

Das Göttliche.

Das Lösen aus Mutters Schoss, bis hin zur Individuation.

Das Urprinzip der ambivalenten Haltung, die sich im Liebesspiel vollzieht.

Yin und Yang.

Hier erwacht Maggie zum Leben.

In der spielerischen Erfahrung sexueller Polarität fühlt sich Maggie lebendig.

Nur hier und in der Natur.

Sex und Natur: die Immanenz des Lebendigen.

Es ist die Freiheit, die sie verführt, die pure Lebenskraft, die sie süchtig werden lässt. Süchtig nach dem Duft der Ursprünglichkeit, nach der Macht des sexuellen Lebensprinzips.

Sex ist Leben.

Jene Lebendigkeit, die sie in ihrer grauen Vergangenheit nicht spüren konnte.

Jetzt lässt sie die Lebendigkeit auferstehen, jetzt ist sie frei.

Zumindest für einen kurzen Augenblick werden die Ketten gelockert, die Ketten des Schmerzes, der Angst, der Ungerechtigkeit, die Ketten des endlosen Leidens, die Ketten der eigenen Unbarmherzigkeit.

Unendliche Schwere.

In der Überformung von Sinnlichkeit verkehrt Maggie nun die Last der dunklen Tage in die lebendige Leichtigkeit des Seins.

Maggie zieht den willigen Kerl an seiner Gürtelschnalle zielstrebig nach draußen in den angrenzenden kleinen Park. Seinen Namen kennt sie immer noch nicht. Sie hat nicht einmal danach gefragt.

Jedes Wort wäre jetzt überflüssig.

Nichts haben sie sich zu sagen.

Der Austausch bleibt auf die körperliche Ebene begrenzt und auch dieser ist nur von banaler Natur und hätte ohne den Alkohol nie stattgefunden.

Maggie vergräbt ihre Hand in der Mähne des Jünglings und riecht an seiner Haut.

Billiges Parfum, das in der Nase kratzt. Sie tastet fordernd entlang seiner männlichen Brust und schiebt das posige Shirt mit ihren Fingerspitzen beiseite. Die hervortretenden Muskelwölbungen sind fest gespannt.

Absicht.

Unsanft fordernde Küsse, die Maggie beim Schlucken behindern. Speichel benetzt ihr Gesicht bis zur Wange hoch, doch Maggie spürt den Ekel nicht.

Sie ist wie ferngesteuert.

Keine Reflexion mehr.

Grobe Motorik, verminderte Wahrnehmungsfähigkeit.

Dumpfheit.

Beide landen etwas holprig auf der nebenstehenden Parkbank. Er unten, sie seitlich auf seinen Schenkeln sitzend.

Der Kerl fingert ungelenk an Maggies Bluse umher und reißt dabei einen der Knöpfe ab, ohne es zu bemerken. Gierig legt er die linke Brust aus dem Spitzen-BH frei, indem er ihn einfach unsanft beiseiteschiebt. Danach drückt er mehrmals kräftig und triebhaft zu, während er seine Zunge noch tiefer in Maggies Rachen bohrt. Sprunghaft lässt er davon ab um seine lüsternen Fingern nun unter Maggies Rock zu schieben. In die Strumpfhose schnell und brutal ein kleines Loch gerissen, dringt er nun genauso vulgär mit seinem ungewaschenen Finger in sie ein.

Diese ungünstige Empfindung trägt Maggie aus ihrer stoischen Benebelung heraus und lässt sie zurückschrecken.

Die Handlungen zuvor hat sie etwas teilnahmslos und ohne jede körperliche Empfindung über sich ergehen lassen.

Ohne es dabei zu bewerten.

Es war halt gerade so.

Selbst war sie nahezu passiv.

Die Erregung in der, von ihm wie selbstverständlich, aufgeknöpften Hose ertastet, verlor Maggie schon recht schnell jegliches Interesse an weiteren Handlungen.

Wozu auch.

Da war nichts, nichts was sich gelohnt hätte zu tun. Intuitiv spürte Maggie dies, auch wenn sie noch betrunken war.

Langeweile.

Leere.

Ekel.

Ohne ein Wort und ohne sich dabei anzusehen, stehen beide auf und gehen zurück Richtung Diskothek.

Plötzliche Fremdheit.

Etwas derangiert und mit dem fahlen Dunst der Ernüchterung beschließt Maggie in ihre Wohnung zurück zu fahren.

Luise hat die Diskothek bereits verlassen.

Kapitel 4

Lautes Hundegebell lässt Maggie nach wenigen Stunden Schlaf unsanft aufschrecken.

Charlie ist hungrig.

Genauso hungrig wie Maggie am Vorabend.

Hungrig nach Lebendigkeit.

Hungrig nach Erlebnissen, in denen sie sich spüren kann, Erlebnisse, die ihr ihre eigene Existenz bestätigen, die sie träumen und fliegen lassen, sie aus ihrem tristen, dumpfen Schlaf abholen und in den Moment bringen, wo gesteigerte Intensität den Puls des Lebens freigibt.

Hier bin ich?

«Hier Charlie, hier ist dein Leckerchen.»

Mit verquollenen Augen und wankendem Gangbild sorgt Maggie liebevoll für das leibliche Wohl ihres kleinen Hundes und lässt ihn danach zum morgendlichen Toilettengang in den angrenzenden Garten.

Auch wenn sie sich dabei nur mühevoll auf den Beinen halten kann. Der Alkohol steckt ihr noch in den Knochen.

Und im Magen.

Maggie muss sich übergeben.

Kniend hängt sie vor der Toilette und versucht dabei ihre rote Mähne beiseite zu schieben.

Elend.

Die aufkommende Erinnerung an das spontane Abenteuer der letzten Nacht leistet das Übrige.

Erneutes Erbrechen.

Maggie schnappt nach Luft.

«Was hab ich mir dabei nur wieder gedacht? So ein Blödsinn.»

Maggie dämmert so einiges.

Bei Tageslicht und halbwegs klarem Bewusstsein betrachtet, bekommt das sexuelle Abenteuer einen noch übleren Beigeschmack als zuvor. Der alkoholisierte Blick vernebelte die Sinne und nun ist der Dunst verzogen. Es ist nicht wirklich Scham. Ein wenig Ekel vielleicht. So als ob man eine Schachtel Zigaretten geraucht hat und nichts da hat, um den Mund auszuspülen.

Klebrig und bitter.

Es fühlt sich einfach nicht richtig an.

Maggie kennt dieses Gefühl bereits seit früher Kindheit.

Wenn man sich völlig unwohl fühlt in der eigenen Haut und nicht sagen kann, was gerade falsch läuft. Dieses abartige Gefühl von Überdruss, alles und vor allem man selbst ist mit einem grauen, zähen Schleier überdeckt, nichts wird einem gegeben und nichts genommen, eine Art energetisches Moratorium, in dem die Polaritäten der Emotionen zu einem klebrigen Nichts verschmelzen.

So wie damals, wenn Maggie, zum Mittagsschlaf gezwungen, auf dem elterlichen Sofa lag, zugedeckt mit dieser kratzigen, karierten und vom häufigen Waschen völlig zerzausten Wolldecke.

Sie nahm einen dieser hervorstehenden Fussel zwischen Daumen und Zeigefinger, rupfte in zurecht und strich damit an ihrer Nasenspitze auf und ab. Solange, bis dieses befremdliche Gefühl vorüber war. Mag sein, dass es auch dadurch erst entstanden ist. Wer weiß das schon genau.

Dieses Gefühl hat sich nicht wirklich verändert, aber es ist wie ein Chamäleon und wandelt andauernd seine Form. Es zeigt sich in diversen Situationen, aber man erkennt es immer am gleichen Grundton.

«Heutzutage hilft da meist nur Masturbation», scherzt Maggie mit sich selbst, «aber dafür bin ich grad viel zu fertig.»

Maggie braucht noch etwas Schlaf.

Regeneration.

Ein Sonnenstrahl erhascht ihre Wimpern durchs geöffnete Fenster.

Es muss schon Mittag sein.

An so einem Tag wie heut braucht Maggie mal wieder einen Kaffee.

Eigentlich mag sie den bitteren Geschmack überhaupt nicht. Zudem wird ihr davon übel und der Magen spielt verrückt. Aber in Situationen, in denen sie etwas neben sich steht, kann sie es nicht lassen. Es hat etwas Selbstquälerisches und etwas Zwanghaftes.

Zwanghafte Normalität, Massenbewusstsein.

Alle tun es, alle mögen es und das überträgt sich irgendwie auf Maggies Unterbewusstsein.

Was soll man da machen.

Maggie geht mit der Tasse in der Hand in den Garten.

Die späte Sommersonne umspielt die Rosen mit einem warmen, schmeichelnden Licht.

Maggie riecht an den rosafarbenen Blütenknospen, die sich in perfekter Geometrie der Sonne entgegenstrecken.   Warmer Wind streichelt dabei ihre Haut und bewegt sanft ihr glänzendes Haar.

Aber es liegt der Duft des Todes in der Luft.

Mit dem nahenden Herbst schimmert überall die Vergänglichkeit hindurch. Die ersten verdorrten Blätter liegen auf der Erde. Einige Pflanzen sind bereits verwelkt, das Gras ist von der Hitze des Sommers gezeichnet.

Die Natur stirbt.

Maggie wird blass. Ihr ist schlecht.

Lautes Hupen, Reifenquietschen, ein schriller Schrei.

Die Kaffeetasse fällt zu Boden.

«Wo ist Charlie?»

Maggie fällt es wie Schuppen von den Augen. Sie hat in ihrem Delirium heut Nacht die Gartentür offengelassen.

Und Charlie ist nicht mehr im Garten.

Sein Körper regungslos.

«Das Auto! Charlie!» schreit ein Nachbarskind mit derselben schrillen Stimmfarbe wie vorhin, als Maggie sich tranceartig nähert.

«Ich konnte nichts tun, plötzlich war der Hund da. Hab ihn nicht gesehen, sorry.»

Der emotionslose Autofahrer drückt Maggie ein Visitenkärtchen in die Hand und fährt davon.

Maggie nimmt davon nichts wahr.

Ihr Blick ist starr auf den geliebten Körper gerichtet.

Die Visitenkarte fällt zu Boden, zeitlupenartig.

Maggie ist längst auf ihren Knien und greift verstört in das pelzige Fell.

Flache Atmung, etwas hektisch.

Die letzten Atemzüge, das spürt Maggie.

Angsterfüllte, weit aufgerissene Augen blicken sie flehend an.

Ein stilles Wimmern, das niemand hört.

Ohnmacht.

So sehr will Maggie helfen, das geliebte Wesen retten, alles ungeschehen machen.

«Bleib bei mir!

Verlass mich nicht!

Bitte!»

Maggies flehen zerreißt sie innerlich.

Festes Klammern um den kleinen, leidenden Körper.

Maggie will nicht loslassen.

Beide spüren, es ist Zeit.

Nichts, was dieses Gesetz durchbrechen könnte.

Ein letzter Kuss auf die kleine Stirn.

Ein letztes beruhigendes Streicheln.

«Hab keine Angst mein Engel», flüstert Maggie in Charlies Ohr. Er entspannt sich ein wenig.

«Ich bin ewig bei dir. Mein Herz nimmst du mit, wenn du gehst.»

Ein letztes Mal die körperliche Berührung, die physische Präsenz.

Ein letztes Mal das verbundene Fließen der unendlichen Liebe zwischen den beiden.

Ein letztes Mal.

Spürt man jemals, wie sich ein erstes Mal anfühlt?

Ein letztes Mal?

Wird es einem erst bewusst, wenn es längst vorüber ist, dass dieser Moment, dieses Erleben nie wieder kehrt?

Niemals.

Und spürt man dies bereits bewusst in jenem Erlebnismoment, hört die Zeit auf zu existieren.

Die Welt hält den Atem an.

Das Geschehnis dehnt sich aus in Raum und Zeit und alles andere verstummt.

Ein letztes Mal.

Ein tiefer Atemzug.

Todesstille.

Maggie bricht zusammen.

Auf ihrem Sofa kommt sie zu sich.

Ihre Schwester Karen besorgt über sie gebeugt.

Nichts ist je wieder wie zuvor.

Nie wieder kann es so sein. Das spürt Maggie bereits als sie ihre Augen aufschlägt.

Alles hat sich verändert.

Diese abgrundtiefe Leere, die durch nichts zu erfüllen ist.

Der unendliche Schmerz, der alles zerreißt.

Es gibt kein Entkommen.

Maggie stürzt aus der Wohnung.

Irgendwie gelangt sie in die Metro, stundenlang fährt sie umher, läuft sie umher.

Sie ist nicht ganz anwesend.

So, als ob sie irgendetwas vor diesem überwältigenden Schmerz beschützen will. Nur ein Teil von ihr nimmt alles wahr, der Rest von ihr ist in einer Art unbewusstem Koma und scheint ihren Körper verlassen zu haben.

Die Tränen rinnen ihre Wange herab, die schwarze Wimperntusche verbindet sich mit ihnen zu einem tiefschwarzen, trauernden Rinnsal. Maggies Blick geht ins Leere.

Die Menschen, die Häuser, die Natur, alles fliegt an ihr vorbei.

Die Nacht ist vergangen, ohne, dass Maggie dies wahrgenommen hätte. An Schlaf ist nicht zu denken, es sei denn, Maggie bricht vor Erschöpfung zusammen.

Nichts interessiert sie mehr.

Nichts ergibt mehr irgendeinen Sinn.

Irgendwie ist Maggie an die Küste gelangt. Vor den sich auftürmenden Wellen fällt sie ruckartig auf die Knie.

Eine Art Loslassen von allem.

Das Hin- und Herpeitschen der Wellen, das rhythmische Rauschen wirkt wie ein Mantra. Maggies geschwächter Körper nimmt den Rhythmus auf. Ihr Oberkörper biegt sich wie ein Grashalm im tosenden Wind.

Hin und Her.

Die Mächtigkeit der Naturgewalt hat sie assimiliert. Aufgesogen, wie eine Materie im schwarzen Loch.

Untrennbar.

Undifferenzierbar.

Maggie ist die Naturgewalt.

Maggie ist Rhythmus.

Maggie ist Klang.

Die Natur speit sie aus und Maggie fällt rücklings auf den Sand.

Die Zeit verrinnt bedeutungslos.

Da ist dieses Gefühl wieder.

Dieses allumfassende Gefühl im Innern, das dafür brennt den Sinn zu begreifen.

Das nach Wahrheit hungert, einer Wahrheit, die die Welt nicht gesehen hat. Einer alles durchdringenden multidimensionalen Wahrheit.

Dieses Gefühl, das sich nicht beruhigen, nicht verdrängen lässt.

Es überschattet alles.

Es fordert alles.

Bedingungslose Hingabe.

Rückkehr nachhause.

Der Schmerz in Maggie ist unerträglich.

In ihrer Wohnung ist es unerträglich. Überall ist Charlies Energie, Charlies Spielsachen, Charlies flauschige Haare.

Charlie.

In jeder Ecke der Wohnung verstecken sich unzählige Momente der Erinnerung.

Das Gedächtnis schweigt nicht.

Es gewährt kein Verschnaufen.

Es triggert ständig an Maggies Gefühlen, die sie nicht mehr fühlen will, nicht mehr fühlen kann, weil es unerträglich ist, weil sie keine Tränen mehr findet.

Nur noch Leere.

Alles ist verstummt.

Die Freude ist gegangen.

Die Liebe ist verschüttet.

Charlie hat ihr Herz beim Abschied mitgenommen.

Arbeiten kann Maggie seither nicht mehr.

Der Job ist gekündigt.

Zu groß ist die Leere, als dass ein sinnloses Funktionieren noch möglich wäre.

«Was soll ich nur tun? Wo soll ich nur hin?»

Gedanken kreisen in Maggies Kopf.

Wochenlang.

Monatelang.

Monotonie des Leidens.

Maggies Herz ist völlig zerrissen.

Doch das Seltsame an der Sache ist, das sie innerlich in Frieden damit ist.

Zumindest insoweit, als dass sie einsieht, dass das Geschehene nicht zu verhindern war, auch wenn sie es so unendlich gewollt hätte.

Da war dieses Gefühl, gleich zu Anfang, dass alles seine Richtigkeit hat.

Ein verwirrendes Gefühl.

Ein befreiendes Gefühl.

Kapitel 5

Wieder einer dieser Tage, an dem alles gleichgültig zu sein scheint, weil etwas fehlt, etwas, das dem Dasein, der Monotonie irgendeinen bewegenden Sinn verleihen würde.

Und Maggie spürt, dass dieser übergeordnete Sinn irgendwo existiert.

Sie muss nur dorthin finden.

Doch wo das ist und wie sie das anstellen soll ist ihr noch schleierhaft.

Doch das, was hier in der sichtbaren Welt auf sie wartet, das ist es offensichtlich nicht:

Der materielle Prunk.

Zeitweise angenehm und eine nette Spielerei, der die Anhaftung an Erlebnis und Sicherheit teilweise stillen kann.

Doch niemals wirklich.

Und so vergänglich.

Die Zeit hält nicht an für das vermeintliche Glück. Das Rad dreht unaufhörlich weiter und zwingt erneut den gegenläufigen Pol ins Erleben.

Die Liebe.

Die geläufige und weltliche Ausformung von Liebe ist Anhaftung. Ein gegenseitiges Austarieren der eigenen Unzulänglichkeiten. Überschwänglich spontan, lustvoll und zugleich enorm fordernd.

Diese Liebe ist nicht von Dauer, sie kommt und geht.

Sex.

Purer Sex ist ein Spiel mit dem lebendigen Sein. Man spürt sich durch die Begegnung mit dem Anderen völlig neu. Energie strömt und der kraftvolle Fluss des Lebens erwacht in einem und zwischen einander zu einer machtvollen Präsenz.

Sex kombiniert mit der Liebesfrequenz öffnet das Herz.

Hingabe fließt.

Hingabe an das Lebendige, an das eigene Selbst, das sich im Anderen spiegelt. Transformation kann geschehen.

Die Liebesenergie wird im Objekt lebendig, beginnt durch das Selbst zu fließen und verbindet im sexuellen Spiel die polaren Energiezentren zu einer Einheit.

Friede wird geboren, für einen Moment.

«Ist Sex das Ziel?

Oder nur der Weg?

Oder keins von beidem?»

Maggie will es herausfinden.

Ziellos schlendert Maggie durch die Gegend.

Es wird langsam ungemütlich draußen.

Die kalte Jahreszeit wirft ihr eisiges Netz aus. Die Sonnenstrahlen wärmen nicht mehr. Stechender Wind bläst um Maggies Ohren.

Frierend sucht sie Zuflucht in einem kleinen Bücherladen an der Ecke.

Schon im Eingang duftet es mystisch nach Räucherwerk, nach Rose und nach Sandelholz. Ein kleines Windspiel und beruhigende Musik laden irgendwie zum Verweilen ein. Maggie fühlt sich zuhause und entdeckt das Terrain mit all ihren Sinnen.

Glänzende Edelsteine in allen Farben und Facetten, die Maggie sanft durch ihre Hände gleiten lässt. Kühl und glatt, aber nicht unangenehm. Daneben diese kraftvoll aussehenden Klangschalen in allen Größen, die behutsam auf rote Samttücher gebettet sind.

Edel und erhaben.

Maggie nimmt zaghaft einen der Holzstäbe und berührt vorsichtig die Klangschale.

Ein alles durchdringender Ton.

Vibration.

Erneute Berührung, aber diesmal sanft kreisend, entlang des oberen Randes. Der Klang dringt durch jede Zelle von Maggies bewegtem Körper.

Ein leichtes Summen.

Maggie lässt sich treiben, auf der Welle dieses angestoßenen Tons.

Harmonie.

Als Maggie wieder etwas zu sich kommt, stöbert sie weiter Richtung Ende des kleinen Ganges. Vorbei an zahlreicher Literatur über Heilkräuter, Engel, den Aufstiegsprozess, Erleuchtung usw..

Die Bücher tangieren Maggies Wahrnehmung jedoch nur peripher.

Sie liest eigentlich nicht gern.

Sie spürt und erlebt lieber.

Ihr Blick richtet sich geradeaus auf ein Hängeregal mit zahlreichen Fotokarten und Flyern. Eine ist feuerrot, deshalb fällt sie Maggie sofort ins Auge. Darauf ein Sonnenuntergang und ein lächelnder, silbrig-glänzender Buddha mit dem plakativen Aufdruck:

TANTRA auf KORFU. Komm und finde dich im Anderen.

«Interessant. Da muss ich hin!»

Maggie hat dieses innere Gefühl, dass es wichtig für sie ist, genau dort hinzufahren. Dieses Gefühl kann sie nicht beschreiben, nicht erklären. Es ist ein stilles Gefühl, aber sehr lebendig. Ein Gefühl, dem sie folgen will.

Der Flug ist gebucht, die Reise steht kurz bevor.

Maggie ist ganz flau im Magen.

Sie ist unruhig.

Den gewohnten Ort, das sicher geglaubte Terrain zu verlassen fällt ihr irgendwie schwer. Diese Unsicherheit, nicht zu wissen, was geschehen wird.

Angst.

Kontrollverlust.

Hier ist nichts, was sie hält und dennoch ist das Fremde beängstigend.

Weder hier, noch dort.

Irgendwie dazwischen.

So fühlt sich Maggie oft.

Nichts ist in Diesem, das Sinn ergeben würde und doch ist das Andere noch so unsagbar weit entfernt, als das es die notwendige Vertrautheit in sich bergen könnte.

Maggie ist eine reisende Fremde, eine verlassene Wanderin zwischen den Welten. Das, was ist, gehört nicht mehr zu ihr, sie kann das Alte nicht mehr zurückholen, nicht mehr lebendig machen. Das Neue gehört ihr noch nicht, das Fremde, es ist noch nicht zu ihrem Eigenen geworden.

Das Alte ist verblasst und das Neue ist noch nicht gezeichnet.

Eine dunkle Nacht.

Eine Nacht, die das Leuchten in sich trägt, die polare Verpflichtung, wieder zum Tag zu werden, doch die

Sonne ist noch nicht erwacht. Sie hat ihren Schrecken verloren, die unendliche Dunkelheit, in der man ertrinkt, in der man verloren geht.

Sie ist still und schwarz.

Nichts anderes.

Man spürt den Wandel bereits, der die Klarheit bringt. Aber hier ist nichts intensiv, weder die Dunkelheit, noch das Licht.

Leere.

Aber nicht mal das wirklich.

Durch die Gepäckkontrolle und der freundlichen Dame am Schalter ihren Pass ausgehändigt, findet sich Maggie nun etwas verloren im Wartebereich des Terminals wieder.

Alles ist neu.

Maggie ist noch nie zuvor geflogen.

Die Menschen um sie herum sehen alle etwas gelangweilt aus. So, als wären sie nicht ganz da, irgendwo anders. Wahrscheinlich gedanklich bereits an ihrem Reiseziel oder noch auf der Arbeit, im Büro oder im Streit mit dem Chef.

Nur nicht hier.

Dadurch wirken sie etwas fahrig, etwas schwammig.

Irgendwie kann man fast durch sie hindurchsehn.

Etwas nebelig.

Alles scheint selbstverständlich, automatisiert.

Keine Handlung, die bewusst erlebt werden muss.

Alles programmiert.

Maggie fühlt sich etwas benommen.

Sie hat nun an ihrem Fenstersitz Platz gefunden und schiebt das kleine blaue Sonnenrollo so weit wie möglich nach oben.

Bloß nichts verpassen.

Maggie ist hungrig, hungrig nach diesem Erlebnis.

Der Flieger rollt.

Etwas holprig geht der Anstieg von statten.

Schwerelos fühlt sich Maggie.

Fasziniert sieht sie den schwindenden Gebilden der zivilisierten Welt hinterher. Die auftauchenden Wolkenformationen sind beeindruckend schön.

Das Licht tanzt.

Freiheit.

Aber irgendwie doch menschlich.

Nichts Übersinnliches.

Man spürt die Abhängigkeit von der Technik.

Künstliche Errungenschaft im luftleeren Raum.

«Ich bin Rasnu.»

Die Stimme vom Sitz nebenan holt Maggie aus ihrer Bewunderung.

«Rasnu? Was?» stammelt Maggie noch halb abwesend.

«Rasnu. Und wer bist du?» wiederholt der Mann mit dem selbstsicheren Blick, der sich sehr für Maggie zu interessieren scheint.

«Keine Ahnung, bin dabei das herauszufinden. Aber mein Name ist Maggie.»

Ein wissendes und verständiges Lächeln.

«Rasnu ist mein spiritueller Name, ursprünglich Harald, aber das ist lange her, praktisch in einem früheren Leben.»

Maggie ist irritiert.

Irgendwas ist seltsam.

Der fremde Mann kommt ihr irgendwie bekannt vor. Nein, nicht der Fremde, irgendetwas an ihm ist ihr vertraut. Irgendetwas zieht sie magisch an.

Nichts Visuelles, nichts Körperliches. Obwohl er durchaus eine Augenweide ist.

Maggie lässt ihren Blick über seine goldenen Locken schweifen, die er leicht zerzaust hinters Ohr geordnet hat. Die großen, hellgrünen Augen, die durch die dunkle

Umrandung der Iris etwas Hypnotisches ausstrahlen. Der athletisch anmutende Körper, der lässig in Bluejeans und buntgestrickten Wollpulli gehüllt ist.

Nein, all das ist es nicht.

Vielleicht die etwas verwegene Ausstrahlung, das erhabene Auftreten, die charmante Art mit ihr zu reden? Nein, es muss etwas anderes sein, etwas, wofür Maggie keine passenden Begriffe findet.

Unbekannte Faszination.

«Rasnu bedeutet ekstatisch.»

Der Fremde unterbricht Maggies Gedankenspiel.

«Den Namen hat mir ein erleuchteter Meister vor langer Zeit gegeben. Als eine Art Initiation und Neubeginn. Mein früheres Dasein war auf eine Art vorüber und was Neues hat begonnen.

Ein neuer Lebensabschnitt.

Das Leben selbst.

Heißt du wirklich Maggie?»

Ein ungläubiger Blick.

«Äh ja. Also eigentlich Morgaine. Aber alle nennen mich Maggie.»

Nach wie vor verwirrt über die ungewöhnliche Ausstrahlung ihres Gegenübers blickt Maggie in Rasnus hypnotische Augen.

Dieser durchdringende Blick.

Der Blick geht tief in Maggies Seele.

Sie fühlt sich völlig nackt, total durchsichtig, wie ein Hamster im Käfig, dem man die sichere Schlafhöhle weggenommen hat. Völlig schutzlos und unsagbar verletzlich.

«Wow, das klingt mystisch.

Also Morgaine, auf dem Weg nach Korfu und zu dir selbst?»

«Diese Augen leuchten», denkt Maggie.

Sie strahlen irgendwie. Als ob durch sie eine Art Lichtstrahl dringt, der sie im tiefsten Innern erreicht.

Und umso tiefer sie hineinblickt, desto mehr hat sie das Gefühl, dass er sie voll und ganz liest, ihre Seele erkennt, sie sich selber erkennt in ihm.

Unwirklich.

«Ja, irgendwie schon, ach ich weiß nicht. Da war dieser Impuls.

Ich kann es nicht beschreiben.

Es war kein Gedanke, es war fast noch nicht mal dieser Impuls, es war die Handlung selbst. Nein, ich war die Handlung und die Reise ist geschehen.»

Minutenlang schaut Rasnu schweigend in Maggies Augen, scheinbar gedankenlos.

Völlige Stille.

«Wir sehen uns wieder», spricht Rasnu irgendwie allwissend nach der unruhigen Landung auf dem Rollfeld.

Maggie hat ihre Worte noch nicht wieder gefunden, da ist er bereits spurlos verschwunden.

Noch leicht benebelt will Maggie erstmal in das gebuchte Hotel, in dem morgen das Tantraseminar stattfinden soll.

Ausruhen und Ankommen.

Kapitel 6

M aggie öffnet die antike Zimmertür und stellt ihren Koffer etwas hektisch in die Ecke.

Die Kleidung lässt sie noch an Ort und Stelle fallen und springt schnell und kurz unter die Dusche.

Danach greift sie nach dem hoteleigenen, weißen Bademantel und steuert Richtung Schlafplatz. Ihr Blick fällt dabei sofort auf die frisch bezogene Wäsche des alten Holzbettes. Auf der blütenweißen Baumwolldecke liegt ein roter Zettel.

«Zimmer 204» steht handgeschrieben darauf, sonst nichts.

Maggie ist irritiert, aber irgendwie auch neugierig, was diese Botschaft zu bedeuten hat.

Maggie liebt das Unbekannte, sofern sie mittendrin ist. Hier ist keine Angst, keine Unsicherheit, wenn sie völlig darin aufgeht. Nur mit dem Moment, mit der Handlung selbst verschmelzen.

Ohne nachzudenken verlässt Maggie ihr Zimmer und schleicht suchend die langen Flure des Hotels entlang.

Niemand zu sehn.

Zimmer 204.

Die Tür ist angelehnt, einen Spalt weit offen.

Gerade so, dass sie zu öffnen ist, aber ohne, dass man von draußen dahinter blicken könnte. Langsam und sanft berührt Maggie den silbrigen Türknauf.

Vorsichtig überquert Maggie die Schwelle.

Lautlos.

Ohne, dass sie es bemerkt, steht sie vor dem Bett, das in etwa so aussieht, wie das in ihrem Zimmer. Aber dieses ist mit Rosenblättern übersäht. Warmes, weiches Kerzenlicht berührt ihre Augenlieder.

Und dieser Duft.

Ein anregender Hauch von Patschuli dringt empor in ihre Nase.

Gleichzeitig verzaubern leise Naturklänge Maggies Sinne.

Ein Luftzug in ihrem Nacken, zwei starke Hände, die mit leichtem Druck ihre Schultern berühren.

Maggie dreht den Kopf beiseite.

Da sind sie wieder, diese Augen, diese hypnotischen Augen.

Multidimensional und übersinnlich.

Das ist der Moment, der Moment in dem Maggie sich erschrecken, sich empören könnte oder sich für die Störung und das Betreten des fremden Raumes entschuldigen und abrupt die Situation verlassen könnte.

Aber dieser Moment verstreicht.

Maggie lässt es geschehen.

Sie schließt ihre Augen und lässt sich fallen.

Sie weiß nicht, wohin oder wie tief, aber sie lässt sich ganz und gar fallen, das steht fest.

Rasnus Hand gleitet über den Bademantel und wie von selbst öffnet sich die leicht verknotete Gürtelschlaufe. Seine Fingerspitze begrüßt sanft die hervortretende Brustwarze, während der weiße Bademantel schwerelos zu Boden sinkt. Der leichte Kerzenschein schmeichelt Maggies Figur.

Zart steht sie vor Rasnu, wie eine Jungfrau, die gerade aus der weißen Schaumkrone des Meeres geboren wurde, unschuldig und rein.

Nackt.

Rasnu trägt ein weißes Baumwollhemd auf der Haut, aus dem das silbrig glänzende Brusthaar hervortritt. Die lange weiße Hose aus selbigem Material schmiegt sich nahtlos an seinen muskulösen Körper an und zeichnet seine mächtigen Formen silhouettenhaft nach.

Maggie dreht sich zu ihm um und vorsichtig berühren sich ihre Körper frontal, die Handflächen seitlich zueinander gewandt.

Beinahe jeder Zentimeter der Haut scheint von Berührung durchdrungen.

Der leicht kratzige Stoff der Kleidung umspielt Maggies nackte Haut.

Sie spürt die Fremdheit aus dem inneren ihres Körpers heraus.

Sie ist jetzt ihr Körper, völlig eins.

Völlige Präsenz.

Nur sie und er.

Wärme dringt durch den Stoff an Maggies Schoß. Sie spürt seine Erregung, die zeitnah zu ihrer wird.

Ihre Erregung ist eins.

«Die Sinne sind das Tor zur Lebendigkeit in der physischen Existenz.

Sinnlichkeit ist Leben.

Die Grobstofflichkeit erwacht zum Leben in ihrem sinnlichen Erleben.

Spür mit all deinen Sinnen.

Sei deine Sinne und berühre das Geschenk des Lebens.»

Maggie lauscht Rasnus Worten, ohne sie wirklich wahrzunehmen. Sie fügen sich nahtlos, doch ohne dabei aufdringlich zu sein, in die multidimensionale Erlebniswelt des Moments ein.

Maggie schwebt.

Ein Tanz der Sinne.

Sie lässt sich treiben auf der Welle der Körperlichkeit.

Rasnu bewegt Maggie galant in Richtung des Badezimmers.

Der Wasserstrahl beginnt über die Marmorfliesen zu vibrieren. Ein diffuser Nebel benetzt Maggies Haar, das nun mehr und mehr auf der feuchten Haut kleben bleibt. Rasnu wischt sanft eine Strähne beiseite und steigt samt der Kleidung zu Maggie in die Dusche.

Maggie hat nach wie vor ihre Augen geschlossen.

Es scheint, als ob Rasnu jeden Zentimeter ihres Körpers gleichzeitig zu berühren versucht, überall kann sie ihn spüren. So, als versuche er jeden Wassertropfen einzeln aufzusaugen, der über ihre Haut hinweg gleitet, wieder und wieder.

Es ist diese innere Wachsamkeit, die Maggie wahnsinnig werden lässt.

Rasnu ist ganz bei ihr.

In ihr.

Er spürt durch sie.

Jede Berührung die er gibt, ist die ihre.

Völlige Hingabe.

Als er physisch in sie eindringt, ist Maggie völlig überrascht.

Irgendetwas ist anders als gewohnt.

So natürlich, als wären ihre Körper miteinander verbunden.

Nicht körperlich, mehr feinstofflich.

Eine molekulare Verbindung, die sich nun physisch realisiert. Jede Bewegung ist bewusst, jede Körperzelle ist mit Wachsamkeit durchdrungen.

Als Maggie die Augen aufschlägt, füllt sich der kurze Moment des Übergangs von der unbewussten Nachtdämmerung hin zum klaren Tagesbewusstsein mit einem wohligen Wärmegefühl.

Ein Gefühl, dass von einer Erinnerung erzählt, die gedanklich noch gar nicht präsent ist, aber bereits ihre empfindsamen Netze auswirft.

«Ob es ein Traum war?»

Maggie überlegt kurz und blickt um sich. «Nein, das ist nicht mein Zimmer!»

Gleichzeitig nimmt Maggie eine unwohle Empfindung in ihrem Körper wahr.

Jede Körperzelle scheint spürbar.

Ihr Körper fühlt sich gebraucht an, ohne dass dieses Gefühl des Gebrauchtwordenseins dabei eine Wertung erfahren würde. Lediglich die Empfindung eines Gegenstandes, der in irgendeiner Form angewendet wurde und danach gewisse Spuren des Gebrauchs aufweist.

Ihren nackten Körper bedeckt Maggie notdürftig mit dem am Boden liegenden weißen Bademantel und verlässt das fremde Zimmer.

Noch etwas Zeit, bevor das Tantraseminar beginnt.

Diese Zeit braucht Maggie dringend, um wieder einen klaren Kopf zu bekommen.

«Ein Spaziergang, das ist jetzt das Richtige», denkt Maggie.

Die frische Meeresbrise weht um Maggies Nase.

An den Felsen entlang, das tiefblaue Meer mit freiem Blick auf den fernen Horizont.

Die Stille ist fast automatisch da.

Die Göttlichkeit der Natur bringt unvermittelt den Moment.

Keine Barriere, kein Widerstand, die Stille des Moments geschieht einfach.

Es gibt nichts zu tun, nichts zu sein, einfach nur hier und jetzt das erleben.

Maggie ist nun die Stille und gleichzeitig auch diese Leere.

Diese unendliche Leere, die sich so oft in ihr ausbreitet. Eine Schwere, die im Innern jede Handlung lähmt und Maggie dadurch ins völlige Sosein katapultiert.

Dieses Gefühl von Nichtsein.

Nichts ist, nichts gibt es zu tun.

Nichts, was in irgendeiner Form der Handlung mehr Sinn ergeben würde, als in der Nichthandlung.

Maggie kann sich nicht wehren.

Der starke Impuls des Seins entbehrt jede Handlung an sich.

Innerlich paralysiert sinkt sie bleischwer an einem Felsvorsprung, der hinaus ins Meer reicht, zu Boden. Die Wellen rauschen hypnotisch, ähnlich wie der Blick in Rasnus Augen. Es existiert für diesen Moment kein Unterschied zwischen dem Meeresrauschen und Rasnus Blick. Beides nur eine Brücke der unterschiedlichen Sinne zum inneren Gewahrsein, keine Differenz.

Der Wind streichelt sanft Maggies Haut und lässt ihr Haar tanzen.

Der Tanz des Lebens.

Maggies Herz tanzt.

Es tanzt die Sprache der Energie.

Überall ist Energie und Maggies Herz ist der Transformator.

Wellen der Liebe strömen aus ihrer Mitte, ohne Intention, ohne Ziel, einfach nur weil alles ist, weil alles geschieht, ohne dazutun. Im Gegenteil, sobald nichts mehr getan wird, kann die Liebesfrequenz frei strömen.

Nur das.

Maggie muss sich spüren.

Den Körper spüren.

Den Körper als Medium benutzen, um ihr Innerstes zu erspüren.

Wenn die Leere unerträglich wird, sucht Maggie einen Fixstern, einen manifesten Anker, der ihr Lebendigkeit suggeriert. Für diesen Moment, der die Gefühle des Vakuums und der Sinnlosigkeit betäubt.

Nur für diesen einen Moment.

Eine Sekunde die geballte Kraft der Lebendigkeit, der völligen Präsenz erhaschen, noch bevor sich alles wieder verflüchtigt.

Alles verwelkt und vergeht.

Auf und nieder.

Nichts bleibt greifbar, alles bleibt diffus, hinter einer zarten Nebelwand verborgen, greifbar nah und doch unerreichbar.

Einmal eintauchen und für diesen einen Moment die Unendlichkeit berühren ohne darin verweilen zu können, ohne ein klares Bild zu bekommen.

Besser als nichts.

Es ist alles.

Das Tantraseminar beginnt an diesem Abend.

Doch Maggie kann nicht anders.

Rote Fingernägel.

Blumiges Parfum.

Ihre lockige Mähne lasziv nach hinten frisiert.

Ein eng anliegender Rock mit schwarzer Schnürkorsage, dazu feuerrote Highheels.

Derart verlässt sie ihr Hotelzimmer, jedoch nicht in Richtung Seminarraum.

Mit gekreuzten Beinen findet sie Platz auf einem erhöhten Barhocker der Hotelbar. Der hellrote Lippenstift auf ihren Lippen, der farblich einen auffälligen Kontrast zu dem Rotton ihrer Haare bildet, verschmilzt nun voll und ganz mit dem Filter der Zigarette, die Maggie gekonnt und abwartend zwischen Zeige- und Mittelfinger hält.

«Darf ich ihnen Feuer geben?»

Ein älterer Herr im Anzug und silbriggrauem Haar zieht ein Feuerzeug hervor. Ein zustimmender Lidschlag von Maggie lässt ihn gewähren.

«Ich liebe das Knistern des Zahnrades, wenn die Funken emporschlagen. Das Knistern ist jedes Mal neu und völlig anders, darin kann ich voll und ganz versinken», säuselt Maggie daher und inhaliert einen tiefen Atemzug lang den schleichenden Duft des Todes.

Der ältere Herr hängt bereits fasziniert und in gewisser Weise domestiziert an ihren roten Lippen.

«Eigentlich rauche ich gar nicht!»

Maggie drückt die Zigarette bewusst und intensiv in dem glatten Aschenbecher aus und blickt anschließend in die benebelten Augen ihres Gegenübers.

«Folge mir auf mein Zimmer», befiehlt Maggie, ohne mit einer Widerrede zu rechnen.

Wozu auch.

Sie kennt diese Art von Männer.

Diese Männer sind süchtig, sie sind hilflos.

Sie können nicht widerstehen.

Mit ihnen hat Maggie leichtes Spiel.

Und Maggie spielt gerne.

Im Hotelzimmer angekommen stößt Maggie ihr Spielzeug rücklings aufs Bett und stolziert in Richtung Fenster, um sich seitlich auf die Tischkante zu setzen.

Ihr rechtes Knie ist angewinkelt und gewährt absichtlich einen Sichtspalt auf ihren roten Satinslip.

Lüstern blickt der Mann zu ihr empor.

Maggie kennt diesen Blick, ein gieriger und zugleich wehrloser Blick.

Ein ekelerregender Blick, mit dem diese alten Säcke nur zu gerne den Körper junger Frauen schleimig umwinden, sich daran festsaugen. Schamlos, triebhaft und abschätzig zugleich.

Und Maggies Spielzeug denkt nun, er habe das große Los gezogen.

Dumpfsinnig und verblendet hängt er an Maggies Antlitz und hofft auf baldigen Vollzug seiner Begierden. Er fühlt sich mächtig und unwiderstehlich durch seine augenscheinlich geglückte Eroberung.

Doch nicht Maggie ist die Trophäe, nein, sie hat die Fäden in der Hand und er ist das Opfer.

Das Opfer ihres Spieltriebes.

Maggie blickt nun abfällig auf ihn herab.

Da ist sie wieder.

Die alte Maggie.

Die dunkle Seite von Morgaine.

Sie will spielen.

Sie will sich spüren.

Sie will Macht über diesen Mann.

Und ihr Körper ist die Waffe, mit der sie die Macht an sich reißen kann.

Maggie weiß ihn gekonnt einzusetzen.

Langsamen Schrittes nähert sich Maggie dem Bett.

Mit einem kräftigen Ruck reißt sie die Zierschlaufe der Gardine ab und bindet ihr williges Opfer unsanft mit den Händen an der Gitterstange des Kopfendes fest.

Ihm scheint der leichte Schmerz noch mehr Lust zu bereiten.

Das Spiel scheint ihm zu gefallen.

Bis jetzt.

Gierig schnüffelt er an Maggies Haut und versucht währenddessen an Maggies Hals zu lecken, doch sie entzieht sich.

Sie richtet sich über ihm auf und streift mit dem Absatz ihres Highheels über die Knopfleiste seines Hemdes und lässt diese dadurch aufspringen. Ihr Fuß gleitet weiter hinab, bis die Absatzspitze auf seinem Gemächt zum Stehen kommt. Sie übt einen leichten Druck aus und starrt dabei gefühllos in seine Augen.

Was soll sie nun mit ihrem Spielzeug anfangen?

Wehrlos liegt es auf dem Rücken und wartet auf Maggies Aktion.

Wie einer dieser schwarzen Waldkäfer, die zappelnd da-
liegen, unfähig von alleine ihren Panzer umzukehren
und hoffen, dass man nicht versehentlich auf sie drauf-
tritt.

Das ist der Moment der Macht, den Maggie auskostet.

Dieser Moment, in dem sie sich spürt.

Ihre dunkle Seite.

Es ist der Moment, der all ihre angestaute Aggression
und Hass zu einem energetischen Blitz bündelt und ihn
über die Spitze der Highheels in das wehrlos erschei-
nende Spielzeug entlädt.

In jenes Spielzeug, dass es nicht besser verdient, da es
sich insgeheim für den Spielmacher hält.

Maggie beugt sich nun herab und streift mit ihren Fin-
gernägeln entlang des freiliegenden Oberkörpers, löst
die Schlaufe und beendet ihr Spiel vorschnell mit einer
schallenden Ohrfeige.

Sie hat das Interesse an ihrem Spielobjekt verloren, es
hat seine Schuldigkeit getan und langweilt sie längst.

Sie verlässt wortlos den Raum.

Sie ist spät dran.

Das Tantraseminar hat längst begonnen.

Auf der Hoteltoilette macht Maggie sich kurz frisch – den Dunst der dunklen Seite, von Morgaine, den Dunst des Spieles abwischen – und begibt sich zum Seminarraum.

Als sie die Tür öffnet, wird sie nicht bemerkt.

Auf dem weichen, hellen Flokati haben sich einige Frauen und Männer ausgebreitet, die alle ziemlich beschäftigt mit sich selbst scheinen.

Alle sind nackt, bis auf die seidenen Augenbinden, die alle tragen.

Alle, bis auf einen.

Rasnu.

In Mitten der Gruppe kniet Rasnu, der ihr nun einen wissenden Blick zuwirft.

Von Maggies ungewöhnlichem Outfit, das nun wie ein ungeliebtes Überbleibsel der vergangenen Zeit an ihr klebt, scheint er unbeeindruckt.

«Na Maggie, bereit dich zu spüren? Leg deine Sachen ab und leg dich hier zu uns, damit wir gemeinsam unsere Sinne berühren können.»

Maggie ist etwas irritiert, dass gerade Rasnu das Tantraseminar leitet, damit hat sie nicht gerechnet.

Etwas unbeholfen schlüpft sie aus ihren Klamotten und begibt sich zur Gruppe auf den Boden. Rasnu reicht ihr eines der seidenen Bänder und deutet auf ihren Kopf.

«Wenn wir nicht sehen, können wir besser in uns selbst und in den Anderen hineinspüren.

Die Berührung im Außen offenbart uns dabei unsere eigene Sinnlichkeit, unsere Begierde und führt uns über das gesteigerte Körperempfinden genau in den Moment. Unsere eigene Lebendigkeit wird in diesem Moment spürbar und begreifbar. Wir sind eins mit uns durch den Anderen. Wir berühren uns durch den Körper des Anderen.

Wir sind alle miteinander verbunden.»

Etwas verwirrt durch die Worte Rasnus legt Maggie die Augenbinde an und begibt sich in den dunklen Raum, der sich nun in ihr offenbart.

Sie spürt in sich hinein und versucht, noch ohne jemanden zu berühren, die nackten Körper um sie herum wahrzunehmen.

Ein aufregendes und ungewohntes Gefühl.

Maggie streckt langsam ihre Hand aus und versucht sanft zu ertasten, was um sie herum passiert. Sie streift über weiche, zarte Haut, ein Becken muss es sein, das einer Frau, da sich alles weich und gepolstert anfühlt. Ihre Hand gleitet höher in Richtung der Brüste, die sich zart und spitz anfühlen. Darüber fallen krausige Haare, die die harten Brustwarzen sanft umspielen.

Maggie greift mit der anderen Hand nun vorsichtig nach der anderen Seite.

Hier trifft sie auf einen Kopf, der sich rund anfühlt, mit kurzen, festen Haaren.

Ein Mann, denkt Maggie.

Sie tastet den festen Nacken entlang und berührt vorsichtig die hervorstehenden Schultermuskeln und streicht den stabilen Rücken entlang.

Maggie geht voll und ganz auf in der Berührung.

Es ist so anders, als das was sie gerade zuvor mit dem älteren Mann auf ihrem Zimmer durchlebt hat.

Alles ist sanft und empfindsam in ihr, keine dumpfen Gedanken und Handlungen, die sich anschließend fahl und unnötig anfühlen.

Alles fließt.

«Ihr könnt die Augenbinden ablegen, wir machen eine kleine Pause, bevor wir uns einige Massagetechniken genauer ansehen werden.»

Rasnu deutet auf eine kleine Sitzecke am anderen Ende des Raumes.

Maggie zieht ihre Sachen an und geht vor die Tür ins Freie.

Ein tiefer Atemzug.

Irgendwie fühlt sie sich jetzt unwohl, irgendwie rastlos.

All die Erlebnisse heute, die Ähnlichkeiten und dennoch diese brutale Gegensätzlichkeit.

Maggie beschließt spontan abzureisen.

Hier will sie nicht mehr sein, sie hat genug und sie hat gelernt auf ihre Empfindungen zu hören.

Sie geht auf ihr Zimmer und bereitet alles Nötige für die Abreise vor.

Ohne sich von Rasnu und der Gruppe zu verabschieden, fährt sie Richtung Flughafen.

Kapitel 7

Wieder zuhause in ihrer gewohnten Umgebung stellt Maggie flüchtig ihr Gepäck in die Ecke.

Nach dem langen Flug will sie erstmal in die Natur.

Maggie läuft die holprigen Feldwege entlang.

Das verdorrte Laub knistert unter ihren Füßen.

Ein ledriges Knistern.

Vor nicht langer Zeit waren diese leblosen, vertrockneten Blätter noch saftig und grün. Nun hat die Kälte ihnen das Wasser entzogen und sie verenden lassen.

Eine eisige Kälte.

Beißender Wind zieht an Maggies Wangen vorbei. Sie schließt die Augen, um den brennenden Schmerz nicht zu spüren. Erstarren, um der Naturgewalt zu entfliehen.

Doch es hilft nichts.

Maggie läuft schneller, in der Hoffnung, dass die freigesetzte Wärme den kalten Hauch des Todes verdrängt.

Die Natur ist tot.

Wieder und wieder, unaufhaltsam. Einsam stehen die kahlen Bäume mit ihren dürren Ästen, denen der Wind ihr blättriges Kleid geraubt ha, verloren im Feld.

Tristes Grau umspielt das Gehölz.

Das gebräunte Gras ist längst sumpfig, ebenso wie die Wege, die selbst ohne Regen tagsüber durch den nebligen Dunst nicht mehr richtig trocken werden.

Diese Einöde.

Wo ist der Glanz des Sommers, das Strahlen der Sonne, das sich im prächtigen Erblühen von Flora und Fauna verwirklicht, wo ist der Duft der Lebendigkeit geblieben?

Maggie weint.

Sie weint eine Träne des Loslassens.

Eine Träne des tiefen Schmerzes, der durch die Liebe zur Lebendigkeit erwächst und das ewige Vergehen zu ertragen versucht.

Das beständige Werden, das ewige Sterben.

Alles in nur einem Moment, der unendlich dauert.

Ein großes Einatmen, ein großes Ausatmen.

Fülle und Leere.

Der Schmerz des polaren Seins.

Das Zwingen des einen, das Spüren des anderen Pols. Nur ein Moment des Verhaftens, nur ein Moment jeglicher Wertung und hier ist Schmerz.

Unendlicher Schmerz des Widerstandes.

Des Nichtwollens, was bereits ist.

Nur eine winzige Träne des Loslassens.

Eine Träne, die um des Loslassens weiß, die die demütige Hingabe an das, was ist kennt. Eine Träne der kurzen Wehmut, die versteht, dass es kein Halten gibt.

Das es nichts aufzuhalten gibt.

Das alles gut ist.

Das alles ist.

Maggie ist auf einer kleinen Anhöhe angekommen, auf der sich eine Pferdekoppel befindet. Trotz des kalten Wetters laufen die Tiere unbeirrt umher.

Maggie hält inne, um sie ein wenig zu beobachten.

Friedlich sehen die Tiere aus. Ihr ganzes Wesen strahlt Frieden aus. Die Natürlichkeit ihres Seins ist es. Die Einheit ihres Seins mit der Natur, mit den Zyklen und den Gesetzen der Natur. Jede Faser ihres Seins ist davon durchdrungen.

Eine ewige Einheit.

Eine ewige Vollkommenheit.

Keine Entartung.

Keine Entfremdung.

Völlige natürliche Präsenz, lebendige Natur.

Das lebendige Sein der Natur hat sich in diesen Lebewesen manifestiert. Die Energie der Schöpfung besitzt hier noch ihre reine Form.

Frieden.

Frieden, der im natürlichen Vertrauen gründet. In der natürlichen Hingabe, die keiner Zustimmung bedarf, sie ist einfach, sie geschieht von selbst. Dieser Frieden mit sich und allem was ist, ist im Herzen spürbar. Diese Tiere sind eins, mit sich und allem was ist.

Genauso wie die Natur selbst.

Sie sind.

Und das, ohne es selbst zu wissen.

Ob Maggie es ihnen sagen kann?

Maggie läuft weiter.

Ihre Gedanken reißen sie aus der göttlichen Harmonie.

Sie friert.

Sie hat Angst.

Sie ist traurig.

Sie will diesen Frieden.

Sie will diese Einheit, aber sie weiß nicht wie.

Ihre Gedanken sind im Weg.

Vorbei an noch grünen Hecken. Maggie bleibt stehen, berührt ihre nadeligen Zweige. Sie spürt ihre schnellen Atemzüge vom umherlaufen, ihren Herzschlag. Die Geräusche des Windes, wenn er über das Feld rauscht. Sie spürt den weichen Untergrund unter ihren Schuhen, der sanft nachgibt, wenn die Sohlen sich eindrücken.

Maggie spürt die Gedanken, die sich wieder in den Vordergrund drängen, grübelnde Gedanken, Gedanken über zu erledigende Dinge, über vergangene Gespräche, Vorstellungen, Ängste, Wünsche.

Es nimmt kein Ende.

Die Gedanken springen hin und her. In die Gegenwart, dann in die Zukunft, zurück zur Vergangenheit.

Maggie hat sie identifiziert.

Sie werden nun gesehen, sie werden von ihr beobachtet. Zu oft durchziehen diese Gedanken ihr Unterbewusstsein, trüben ihre Wahrnehmung.

Maggie kann sie nun klar sehn.

Sie wiederholen sich, wie eine Schallplatte auf Endlosschleife, je nachdem, was gerade greifbar ist. Maggies lässt sie nun bewusst los, wieder und wieder. Zurück zum Atem.

Den Körper spüren.

Die Natur berühren.

Die Klänge hören.

Die Sinne erwecken und den Gedanken damit ihre Macht entziehen.

Als Maggie in den darauf folgenden Tagen ihr Gepäck sortiert, fällt ihr ein Zettel auf, mit dem sie nichts anfangen kann. Er beschreibt eine Veranstaltung mit einer Meisterin in einigen Wochen. Maggie hat keine Ahnung, um was es sich dabei handelt, geschweige denn, wie der Zettel in ihr Gepäck gekommen ist.

Aber irgendetwas in ihr ist neugierig, irgendetwas zieht sie an.

Auf der anderen Seite ist Maggie wieder im Stadium eines lethargischen Schlafes angekommen, seit sie von der Reise zurückgekehrt ist. Die gewohnte Umgebung schläfert sie regelmäßig ein.

Maggie ist unsicher.

Soll sie fahren?

Erstmal in der Gewohnheit eingenistet, ist aktive Veränderung mühselig. Der seichte Schleier, der sich nach und nach unbemerkt über das Bewusstsein gelegt hat, formt einen getrübten Blick.

Der gelebte Mikrokosmos wird zur Realität.

Andere Ebenen verblassen im Hintergrund, werden unsichtbar. Widerstand macht sich breit.

Verharren im real Geglaubten.

Der eigenen, verengten Wirklichkeit.

Stillstand.

Sie fährt.

Die Zugfahrt wirkt befreiend.

Als ob sie all die alte Last hinter sich lassen kann und zu neuen Ufern aufbricht.

Vom monotonen Zuglärm wird Maggie schläfrig und beginnt zu träumen.

Sie schließt die Augen und sieht die Worte vor sich:

«Wenn man das Ufer verlässt

ohne den Horizont zu sehn

keine Brücke, die zwei Welten verbindet

im Nichts der Stille untergehn

lass mich ziehn

wenn die Wahrheit nach mir ruft

gib mir Halt

wenn nichts mehr sicher ist

Tagtraum und Nachtschlaf verschmolzen

zu der Einheit gewahrsamen Seins

jeder Moment erzählt von Stille

die sich verbirgt im tiefsten Innern

umgeben von der Hülle

die den Schein erzeugt

mehr und mehr wirst du gehn

um endlich hier zu sein

und liebevoll zu finden

was allezeit zuhause war, ganz nah

in dir»

Der Zug bremst abrupt.

Maggie schrickt auf und bemerkt, dass sie am Ziel angekommen ist.

Es ist bereits spät am Abend, als Maggie den Bahnhof verlässt, um die Halle zu suchen, in der die Veranstaltung stattfindet.

Dunkelheit.

Maggie läuft durch die Straßen, an den Wohnblocks vorbei.

Die winterliche Dämmerung gewährt Stille.

Völlige, mystische Stille.

Zu ungemütlich scheint es draußen.

Doch Maggie liebt die Stille.

Der neblige Dunst durchzieht die Luft. Man kann die Feuchtigkeit schmecken. Ein tiefer Atemzug.

Reinheit.

Selbst die Natur ist in ein Gewand aus wässrigen Tropfen gehüllt. Maggies Hand gleitet über eine nadelige Hecke und trägt das kühle Nass hinfort.

Die Natur ist jetzt näher als sonst.

Die Härte der Jahreszeit hat sie verletzlicher gemacht.

Zugänglicher.

Und Maggie tritt nur zu gerne ein.

Der Schmutz des Sommers ist hinweg gewaschen und Maggie saugt die Klarheit in sich auf. Die kalte Luft, die sich in ihren Lungen verteilt, hat etwas Puristisches. Nur diese Luft, die Maggie beatmet, und sonst nichts.

Sie und die Luft.

Das Kind und seine Nabelschnur.

Die Verbindung zur Quelle des Lebens.

Maggie rennt.

Der beständige, kalte Atem führt sie in eine Art Trance.

Weiter und weiter.

Ihr Körper wird leichter.

Sie spürt den harten, künstlichen Steinboden kaum mehr.

Nur sie und die rauen Atemzüge.

Die Gedanken werden ruhiger, leiser. Als ob der Sauerstoff sie mehr und mehr einschläfert.

Maggie ist Atem.

Purer Atem.

Der Atem liest sie in ihrer Körperlichkeit auf und trägt sie auf Flügeln davon.

Auf Engelsflügeln.

Schwerelos.

Grenzenlos.

Zeitlos.

Maggie geht auf Reise.

Allein.

Sobald der Fixstern der Körperlichkeit zurückbleibt, scheint jegliche Dimension unendlich.

Keine Raumbegrenzung mehr.

Sie schwebt.

Das Schweben ist.

Maggie spürt sich nicht mehr.

Jegliche Trennung scheint verloren, sobald die Identifikation nachlässt.

Der Atem, das Schweben, jegliches Sein.

Nur sein.

Nichts woran Maggie sich mehr festhalten kann. Nichts, was ihr die Richtung weist, ihr Anhaltspunkt und Anker von Existenz bietet.

Panik.

Verloren zu gehen, einfach weg zu schwimmen im Ozean des Nichts.

Nie hier gewesen, für immer verloren. Absolutes Sein oder rückstandsloses Auflösen.

Maggie wird schwindelig.

An der Ecke ist die Halle.

Sie taumelt hinein.

Überall Menschen.

Irgendwas ist hier anders.

Die Menschen sind anders.

Kleidung scheint unwichtig. Irgendwelche Stoffe, die den Körper bedecken, Gemütlichkeit vermitteln. Die Formen des Stoffes verleihen dem Körper wirkungsvoll einen individuellen Ausdruck, ohne ihn dabei äußerlich in Szene zu setzen. Die Seele möchte sich darin ausdrücken und nicht andere damit beeindrucken.

So wirkt es auf Maggie.

Eine gewisse Leichtigkeit durchzieht die Erscheinung der vorübergehenden Menschen. Sie strahlen innerlich. Alles hier scheint beschwingt auf irgendeine Art und Weise.

Maggie legt Jacke und Schuhe im Eingangsbereich ab, so wie es alle hier offensichtlich getan haben und bewegt sich näher ins Halleninnere. Wunderschöne, fremdartige Musik durchdringt den gesamten Raum. Der Klang holt Maggie dort ab wo sie gerade ist und trägt sie wie auf Flügeln weiter voran. Maggie betrachtet den Aufenthaltsbereich, der zum Essen und Trinken vorgesehen zu sein scheint.

Aber Maggie geht weiter.

Sie spürt diesen inneren Drang, einen inneren Ruf, eine Sehnsucht.

Sie will jetzt die Meisterin sehen.

Zu lange hat ihr Herz schon darauf gewartet.

Unzählige Menschen, die hier und da etwas zerstreut auf dem Boden sitzen, liegen, schlafen, reden.

Und überall dieser alles durchdringende Klang.

Dann, weiter vorne, wird es ruhiger, geordneter. Nicht, dass die Musik leiser wäre, im Gegenteil, nein, die Menschen sitzen in Stille da. Eng aneinander gedrängt, doch völlig unbeweglich.

Ganz sanft, ganz zart, sehr friedlich.

Sie bilden von allen Seiten eine Art Kreis, der sich zur Mitte hin verdichtet, in der sich wiederum einige Menschen in langen Gewändern sehr geschäftig tummeln.

Dorthin führt auch die Menschenschlange, die sich bereits weiter vorne gebildet hat.

Dahinter muss sie sein, die Meisterin. Verborgen, wie eine Königin, deren fleißige Bienen sich um sie scharen.

Maggies Blick ist verdeckt.

Sie muss näher ran.

Sie sucht Platz im äußeren Kreis der stillen Menschen und kniet sich in einer kleinen Lücke auf den Boden. Dicht gedrängt verschmilzt Maggie äußerlich zu einer Einheit mit den anderen Körpern.

Es ist warm.

Nicht nur äußerlich, sondern auch innerlich.

Maggies Herz rast.

Eine innere Enge überfällt sie schlagartig.

Innere Hektik.

Verwirrung.

Rasender Puls.

Schweißausbruch.

Es ist Angst.

Unglaubliche Angst, die sich in Maggies Innerem breit macht.

All diese Menschen um sie herum, doch Maggie fühlt sich verloren.

Sie hat Platz genommen zwischen all diesen Körpern und doch ist da diese beängstigende, künstliche Trennung.

Eine Trennung des Verstandes.

Surreal und doch manifest.

Niemand redet mit ihr, niemand sieht sie wirklich.

Fremdheit.

Unüberwindbare Distanz.

Tausend Menschen, tausend Gesichter. Wie im Dunkeln einer Höhle ohne jegliches Licht. Niemand spricht ihre Sprache, hört ihre Worte, ihre inneren Schreie der Verzweiflung.

Dieses Gefühl des inneren Getrenntseins, gepaart mit allumfassender Angst, kennt Maggie nur zu gut.

Angst, nicht gesehen zu werden.

Angst, verloren zu gehen in der Befremdlichkeit, in der aufrechterhaltenen Trennung der Individuen, in den Weiten des Kosmos`, der unendlichen Leere.

Und niemand ist da.

Niemand, der ihre Hand hält.

Niemand, der vertraut scheint.

Der ihre Ängste kennt.

Der sie durch das Tal trägt, sie führt und beschützt.

Ihre Ängste betäubt.

Nur sie selbst.

Nur sie und die Angst.

Spüren.

Atmen.

Sein.

Frieden.

Es wird immer heißer um Maggie herum.

Sie schaut auf das Kreisinnere und versucht einen Blick auf die verborgene Meisterin zu erhaschen.

Demütig und strahlend sitzt sie da.

Wunderschön.

Maggie spürt, dass in ihrer Nähe all das ist, was sie ihr Leben lang gesucht hat.

All die Liebe, die sie nicht bekommen hat, der Trost, den sie gebraucht hätte, das Mitgefühl, die Stärke, den Halt und auch die Freude. Alles manifestiert sich nun in diesem einen Moment in Form dieser Meisterin.

Maggie beginnt zu weinen.

Ihr Herz ist angerührt.

Niemand kann sie nun mehr halten, sie möchte in die Nähe der Meisterin und reiht sich in die Warteschlange ein.

Auf Knien nähert sich Maggie nun der Meisterin.

Ihr Herz schreit immer lauter.

Da ist wieder diese tiefe Sehnsucht in ihrem Innern, die Maggie nie beschreiben konnte. Sie wurde stärker und stärker über die Zeit hinweg, ohne, dass etwas dagegen getan werden konnte. Auch nicht dafür. Ein innerer Ruf, der nicht zu betäuben war. Weder durch Alkohol, durchtanzte Nächte oder sexuelle Eskapaden. Der Ruf wurde nur noch stärker. Ein Sog, der Maggies Herz ergriffen hat, irgendwann einmal, und sie seitdem fest umschlungen in Richtung Freiheit zieht.

In ihr Inneres.

Ganz zu sich.

Und die Begegnung mit der Meisterin ist eine Erinnerung.

Eine Erinnerung an zuhause.

An die Reinheit der unendlichen Liebe, die ins Vergessen geraten ist. Maggie hat den Schlüssel verloren, der ihr das Tor dorthin öffnet und nun darf sie durch die Augen der Meisterin in eine bereits geöffnete Tür blicken.

Noch ein Stück näher ran.

Demütig senkt Maggie den Blick.

Noch einige Menschen sind zwischen ihr und der Meisterin, aber sie kann bereits einen Blick erhaschen.

Unendliche Hingabe.

Alles um sie herum scheint zu strahlen und zu vibrieren.

Es wird heißer.

Die Luft brennt.

Die Energie flimmert.

Die Farben sind irgendwie heller und satter.

Gleißendes Licht durchströmt Maggies Körper, den sie nun völlig anders wahrnimmt.

Alles ist leichter, irgendwie schwerelos und schmerzfrei scheinen ihre Gliedmaßen zu sein.

Ihr Energiefeld vibriert viel schneller als sonst.

Ein inneres Strahlen kommt hervor.

Unbegründete Freude, die völlig frei und ungehindert nach außen strömt und Maggie mit allem um sie herum verbindet.

Noch ein kleiner Schritt, dann ist Maggie angekommen.

Unbändige Hitze.

Maggies Herz brennt.

Dieses Feuer brennt alles hinweg.

So viele Worte drängen sich in Maggies Bewusstsein, die nun ganz leise aus ihr herausprudeln:

«Das Licht der Wahrheit
brennt in deinen Augen
Bewusstsein strömt
die Nacht wird zum Tag

Das Feuer brennt
in deiner Nähe
Alle Zellen sind durchdrungen
von der Frequenz der Liebe

Von Freude begleitet
kann ich endlich wirklich sein
bei dir wird alles real

und der Schleier fällt

Ich bin süchtig

nach dem energetischen Feuer

das dich umgibt

du bist alles»

Nun ist sie hier.

Maggie kniet direkt vor der Meisterin und berührt vorsichtig ihre weiße Robe.

Beherzt drückt die Meisterin Maggies Kopf auf ihre Brust.

Maggie fällt in sich zusammen und lässt alles los.

Sie lässt alles geschehen.

Es gibt nichts mehr zu halten, nichts mehr zu tragen, nichts mehr zu kämpfen.

Die Meisterin trägt nun alles.

So, wie das Göttliche immer alles getragen hat, wenn Maggie sich verloren gefühlt hat und selbst nicht mehr weitergehen konnte.

Auch wenn sie es nicht gesehen hat.

Völliger Frieden.

Völliges Bejahen.

Hier ist alles.

Nichts fehlt.

Nichts hat je gefehlt, doch Maggie konnte das nicht sehn.

Kein Mangel mehr, keine Angst, kein Frieren und kein ungestillter Hunger nach Liebe mehr.

Die Liebe strömt nun aus Maggies Innerem heraus.

Dort wo sie schon immer war, nur Maggie konnte sie nicht finden, da sie so sehr im Außen danach gesucht hat. Eine verzweifelte Suche, ein endloses Flehen, das nicht erhört werden konnte.

Nun kann Maggie die Wahrheit sehen.

Die Meisterin hat ihr durch ihre Liebe die Augen geöffnet.

Sie hat ihre Frequenz angehoben, so dass Maggie spüren konnte, das die Liebe bedingungslos und grenzenlos aus ihrem Innern fließt.

Maggie geht zurück an ihren Platz in der Menge und schließt die Augen.

Sie will dem Erlebten nachspüren, es so lange wie möglich bewahren.

Ihre Wahrnehmung hat sich verändert.

Sie fühlt sich so frei.

Alles in ihr und um sie herum scheint friedlich und in eine liebevolle Wärme getaucht.

Die Farben strahlen heller, bunter und die Menschen scheinen freundlicher.

Sie lächelt innerlich.

Plötzlich eine warme Hand auf ihrem Rücken.

Maggie öffnet die Augen.

Es ist Rasnu.

«Schön, dass du hier bist Morgaine.

Ich habe mir gedacht, dass dich der Flyer neugierig macht und du herkommst.»

Rasnu hatte offenbar den Zettel während des Seminars unbemerkt in Maggies Gepäck gelegt.

«Ich will dir Jemanden vorstellen.

Das ist Rose, eine Bekannte.»

Maggie dreht ihren Blick nach links, um in die strahlendsten Augen zu blicken, die sie je gesehen hat.

Ein vertrauter Blick.

Ein Lächeln.

Rose beugt sich herab, um Maggie einen sanften Kuss auf die Wange zu geben.

Der Duft ihrer zarten Haut verwirrt Maggie.

Ein blumiger Seifenduft.

Unbeschreiblich.

Sie riecht anders, anders als Männer riechen.

Maggie hat bisher bewusst nur an Männern gerochen.

Sie riechen viel herber, markanter.

Aber Rose ist zart, ein engelhaftes Wesen und die feminine Stille, die sie umgibt, offenbart sich ebenso in diesem subtilen Geruch ihrer Haut.

Maggie kann ihren Blick kaum von ihr abwenden.

«Lass uns noch schnell die Kissen und Decken in den Wagen bringen Rose, bevor nachher die Veranstaltung weiter geht.»

Rasnu deutet in Richtung Ausgang.

Ein kurzes Lächeln und schon sind die beiden verschwunden.

Maggie ist durcheinander.

Eine ungewöhnliche Begegnung.

Maggie bleibt noch einige Stunden sitzen und lauscht der mystischen Musik im Raum.

Als sie später in den Vorraum läuft, um nach den Toiletten zu suchen, steht Rose plötzlich vor ihr.

Ein tiefer Blick.

Rose berührt sanft Maggies Hand und deutet auf eine kleine Nische hinter der Garderobe.

Maggie lässt sich führen, sie ist wie benebelt von der zarten, weiblichen Energie, die Rose umgibt.

Eine vorsichtige Umarmung.

Maggie erspürt die runden Formen, die sich an ihren Körper schmiegen.

Eine Hand auf ihrer Hüfte, das lange Haar an ihrer Wange.

Vertraut und doch völlig Fremdartig.

Ein unbemerkter Kuss auf weichen, feuchten Lippen.

Zart und warm.

Kein Fordern, vielmehr ein harmonisches Spiel.

Gleichklang.

Maggie wird durch den Lärm um sie herum aus der wonnigen Seifenblase gerissen, die die Beiden um sich herum gewoben hatten. Eine größere Menschengruppe hat sich im Vorraum breit gemacht. Rose küsst flüchtig Maggies Stirn und verschwindet mit einem scheuen Lächeln auf den Lippen.

Maggie schaut ihr noch lange hinterher, bevor sie nach draußen geht.

Erstmal Luftschnappen.

Es ist bereits wieder hell geworden, die Nacht ist vorüber.

Bald fährt ihr Zug Richtung Heimat. Maggie denkt noch lange über das Erlebnis mit Rose nach.

Wird sie sie wieder sehen?

Kapitel 9

Zuhause angekommen schließt Maggie das Schloss zu ihrer Wohnung auf.

Das Schloss zu ihrer gewohnten Welt, die ihr nun gerade sehr fremd geworden scheint.

Alles ist so, wie sie es verlassen hat, doch ihr Inneres hat sich verändert.

Sie fühlt sich unpässlich.

Die Vergangenheit holt sie ein.

Trauer durchzieht Maggies Blick.

Eine alte Trauer, die wieder und wieder neu entfacht wird.

All die Erinnerungen.

Die gemeinsamen Stunden, mit einst geliebten Menschen, die nicht mehr Teil ihres Lebens sind. Die Zeit mit Charlie, ihrem über alles geliebten kleinen Hund, bevor er von ihr gegangen ist. Die vergangenen Situationen schmerzen, sobald man sie mit Gefühlen verbindet und sie im gegenwärtigen Moment bewertet.

Tränen rinnen ihre zarte Wange hinab.

Ein salziges Gefühl auf der Zunge, dass nach unsagbarem Leid schmeckt.

Verloren in der Einsamkeit und einem Schmerz, der Maggies Herz schon vor langer Zeit zerrissen hat. Hilflos steht sie da im Nichts der Welt und nirgends ist mehr Halt. Getrieben von der Sehnsucht nach Liebe und gefesselt von der Ohnmacht des Schmerzes.

Wieder und wieder.

Loslassen.

Loslassen von dem Begehren weder das Eine zu erreichen, noch das Andere zu vermeiden.

Im Außen.

Maggie setzt sich auf das Bett in ihrer leeren Wohnung.

Niemand ist hier.

Die Reise, die Veranstaltung, all die Menschenmengen der vergangenen Tage, die ihr das ungeliebte Gefühl vorübergehend genommen haben, sind nun vorbei.

Die Stille hat sie wieder.

Jedoch eine ungeliebte Stille, denn sie bringt jene verdrängten Gefühle hervor.

So viele Gefühle, die gefühlt werden wollen.

Dürfen.

Müssen.

Von Anfang an, seit Geburt und davor.

Gefühle, die das Fließen der Liebe behindern.

Die Einsamkeit hat sie erneut erfasst und ist nun alles-durchdringend.

Mehr und mehr steigt sie aus dem tiefsten Inneren empor um von Maggie besitz zu ergreifen.

Sie kann jetzt nicht mehr fliehen.

Was soll sie nun tun?

Sich ablenken?

Sie könnte ihre Schwester anrufen und über irgendetwas Belangloses reden. Ihre Schwester würde sie nicht verstehen, seltsame Fragen stellen, ihr Vorhaltungen machen und Maggie würde sich nach einem kurzen Moment der Betäubung anschließend noch einsamer fühlen als zuvor.

Sie könnte mit irgendeiner Freundin auf eine Party gehen und sich von der lauten Musik und dem Alkohol benebeln lassen, sinnlose Gespräche führen, sich mit nichtssagenden Männern umgeben. Doch anschließend wird sie sich schmutzig und verwirrt fühlen.

Nein, sie kann nicht mehr zurück.

Zurück in die alten Gewohnheiten, die alten Strategien, um ihre Gefühle nicht spüren zu müssen.

Nein, sie muss das nun aushalten, so wie es ist, um irgendwann davon frei zu sein.

Sie muss die Einsamkeit spüren, sich voll und ganz davon vereinnahmen lassen, solange, bis diese keine unerträgliche Unruhe, keine Panik, keine Verzweiflung mehr in ihr hervorruft. Solange, bis die Wellen abebben und die stürmische See wieder klar und still wird. Sie wird es ertragen, bis sie sich geborgen fühlt in der Einsamkeit, wie einst im Schoß ihrer Mutter. Solange, bis das ungeliebte Gefühl seine Macht über sie verliert.

Ankommen.

Ankommen im Inneren.

Die Liebe finden, wo sie nie gesucht wurde.

Sie spüren, obwohl sie einem nicht gegeben wird.

Da sein, wo man doch eigentlich nie weg war.

Bis sie zuhause ist.

In sich selbst.

Die nächsten Wochen braucht Maggie viel Ruhe um das Erlebte und die aufgekommenen Gefühle zu integrieren. Sie ist meist allein und verbringt viel Zeit in der Natur.

So auch heute wieder.

Sie läuft die bekannten Feldwege entlang.

Nur die Natur, niemand sonst ist da.

Das Wetter ist trüb.

Das Grau der Wolken bedeckt die ganze Landschaft mit einem dunstigen Schleier.

Die Luft ist feucht, die karge Pflanzenwelt benässt.

Die Äste tragen längst nur noch vereinzelt Blätter.

Der Rest sammelt sich am Boden, wobei Frost und Regen das verdorrte Laub bereits auf der Erde gefesselt haben, wo es nun wieder zu Staubpartikeln zerfallen wird.

Maggie rennt weiter, tiefer in den angrenzenden Wald hinein.

Die einsame und düstere Kälte wirkt bedrückend, die Stille nunmehr befremdlich.

Maggie rennt schneller, noch weiter voran.

Die kalte Luft ätzt ihre Kehle entlang bis tief in ihre Lunge.

Schneller und wilder, bis sie die Orientierung verliert.

Ihr wird schwindelig im Kopf.

All diese Bilder, all die Gedanken.

Das beständige Gefühl, niemals der empfundenen Sinnlosigkeit entrinnen zu können, das sie im Angesicht ihres weltlichen Daseins gefangen hält. Diese unendliche Bedeutungslosigkeit, die sich aus der materiellen Wahrnehmung formt.

Nichts Greifbares, nichts Gehaltvolles.

Diese unendliche Leere, der Maggie täglich im gesellschaftlichen Trubel begegnet.

Maggie blickt umher.

Die Wege laufen ins Leere.

Alle sehen sie gleich aus.

Kein Unterschied.

Sie führen nirgends und gleichzeitig überall hin.

Nichts und niemand, was am Ende auf sie warten würde.

Welchen Weg soll sie gehen?

Wozu soll sie überhaupt gehen.

Einfach hier sein, oder nirgends.

Gedankenstille.

Nirgends findet sie Zuflucht und Halt.

Plötzlich taucht vor ihr eine kleine Höhle auf, direkt hinter dem Felsvorsprung.

Maggie tritt hinein.

Den sandigen Boden unter ihren Füssen kann sie noch sehn, doch dann verblasst die sichtbare Welt.

Alles ist in tiefes Schwarz getaucht.

Maggie streckt reflexartig ihre Arme aus, um nach irgendetwas zu fassen, woran sie sich festhalten kann.

Doch nichts ist mehr greifbar hier.

Nichts Vertrautes, nichts Gewohntes.

Fremdartiger Nebel des Unbekannten.

Sie muss loslassen.

Alles loslassen.

Das sichere Ufer verlassen um das unbekannte Land zu entdecken.

Freisein.

Maggie schiebt ihre Ängste beiseite und schreitet voran, ohne Halten, ohne jegliche Sicht.

Einfach weitergehen und vertrauen.

Maggie ertastet die kühle Felswand und setzt sich nieder auf den feucht-sandigen Boden.

Völlige Stille.

Völlige Dunkelheit.

Inmitten einer Hülle aus nichts.

Die vertraute Welt ist nicht mehr hier. Eine völlig neue Umgebung.

Zurück kann Maggie jetzt nicht mehr. Nichts ist mehr wie es war.

Nie wieder kann es so sein.

Alles ist neu.

Sie will der Dunkelheit begegnen.

Der dunklen Nacht ihrer Seele.

Völlig darin aufgehen.

Die unendliche Tiefe ergründen und mit neuem Licht erfüllen.

Maggie blickt zurück.

Alles was in ihrem Leben sinnvoll schien, alles was ihr Freude zu bereiten schien, die ausschweifenden Party-nächte, die sexuellen Spiele, nichts davon scheint mehr interessant. Ihre Sorgen, ihre Sehnsüchte, all die täglichen Dinge, um die ihre Gedanken all die Jahre kreisten scheinen nun verblasst.

Etwas Tieferes hat sie ergriffen.

Etwas Unsichtbares, das sie mit all seiner Macht in seinen Bann gezogen hat.

Etwas, das viel mehr Anziehungskraft besitzt, als alles was sie zuvor kannte.

Nur noch diese eine Sehnsucht.

Dieses eine Begehren.

Diese eine Verbundenheit.

Dieses eine Sein.

Sie selbst.

Ihr eigenes Sein.

Einsamkeit.

Niemand ist hier.

Niemand kann je wirklich bei ihr sein. Niemals kann sie wirklich getrennt von jemandem sein. Im Herzen sind alle eins.

Doch der Schmerz des Getrenntseins ist gerade unendlich groß.

Maggie kennt diesen Schmerz.

Nichts könnte mehr wehtun, als das Getrenntsein.

Das Getrenntsein von sich selbst.

Angst steigt aus ihrem Innern auf.

Plötzlich und unerwartet.

Maggie verschmilzt mit der Angst. Dieser endlose Schmerz aus Einsamkeit und Angst, der Maggies Herz zerreißt. Sie ist darin gefangen, sie kann nicht fliehen.

Sie ist völlig eins mit dem Schmerz.

Sie ist dieser Schmerz.

Maggies Gefühle scheinen unerträglich.

So, als wenn die Wellen kommen.

Manchmal eine zarte Brandung.

Manchmal die stürmische See.

Die energetische Ladung der Gefühle fährt durch Maggie hindurch. Die Frequenz ist dieselbe, gleich in welchem Gewand polarer Ausformung sie daherkommt. Unerträgliche Trauer und aggressive Wut. Dahinter die Wellen aus unsagbarem Schmerz.

Schmerz des Getrenntseins, des nicht Einsseins mit sich, mit Gott.

Die Wellen ebben ab.

Zyklisch.

Sie kehren wieder.

Maggie muss die Wellen reiten, wenn sie kommen.

Sie spürt die Wellen.

Sie beobachtet die Wellen.

Sie lässt die Wellen ungehindert und frei fließen.

Wenn das Meer der Emotionen sich beruhigt, ist Frieden.

Das Wasser ist klar.

Keine Bewegung mehr an der Oberfläche.

Bis zur nächsten Flut.

Maggie hadert nicht damit.

Sie weiß um die transformatorische Kraft des Leidens.

Der Schmerz weist ihr den Weg in die dunklen Tiefen des Seins.

Tiefer und tiefer in den Abgrund hinab.

Im schwärzesten Schwarz ertrinken. Im staubigsten Dickicht ersticken.

Eins werden mit dem Unerträglichen, als wäre die Nacht ewiglich, als gäbe es keinen Morgen mehr.

Dort, in der unendlichen Hingabe an das Unvermeidbare, an das, was ist, an das, was sein will, dort wird die Reinheit geboren. Die Klarheit, die den Staub aufwirbelt, um das Alte zu erneuern, zu befreien, damit das Licht noch heller scheinen kann, wenn die Nacht vorüber ist und die Sonne im Herzen aufgeht.

Der Schmerz und das Leid haben Maggies Herz geweitet.

Ihr Demut geschenkt.

Sie Mitgefühl gelehrt.

Sie in eine innere Dimension der Tiefe geführt, die nun das Tor zum Sein offenbart.

Stille.

Maggie hält ihre Augen geschlossen.

Denken und visuelles Sehen konzentrieren das Bewusstsein zu häufig nur auf den Kopfbereich.

Maggie geht tiefer, ganz in ihren physischen Körper hinein.

Sie spürt ihren Atem, der sie nunmehr noch weiter hinab geleitet. Die Arme entlang, durch das Becken hindurch, über die Beine bis hin zu den Zehenspitzen.

Maggie spürt jeden Körperteil von innen.

Und darüber hinaus.

Sie spürt die Vibration im Innern ihres Körpers, jedes energetische Fließen. Ihre Wahrnehmung füllt nun ihren gesamten inneren Körper aus.

Völlige Präsenz.

Kräftig und zart zugleich.

Maggie fühlt sich verwurzelt mit der Erde, standfest und klar. Ihre äußere Wahrnehmung geht nun über die der oberen Sinne hinaus, ihr ganzes Sein nimmt wahr, kommuniziert mit der Umgebung. Und etwas in ihr beginnt zu strahlen.

Von innen nach außen.

Nicht mehr dieses Suchen nach Reizen, das hektische Umherblicken.

Sie ist angekommen, in ihrem eigenen Innern.

Ein energetisches Strömen, das nun von innen heraus drängt, durch ihr Herz.

Die Liebe fließt und bringt grenzenlose Freude mit sich.

Maggie sitzt da und kann sich nicht bewegen.

Sie ist völlig eingehüllt in dieser lichtvollen Wärme, die aus ihrem Innern aufsteigt.

Ein helles Licht, das von oben einströmt und Maggie noch tiefer in Leichtigkeit hüllt. Sie spürt ihren Körper kaum mehr.

Alles ist leicht, klar und frei.

Nur Liebe.

Nur Freude.

Nur Sein.

Maggie ist.

Und für diesen Moment ist sie sich dessen bewusst.

Sie schlägt die Augen auf.

Nach wie vor alles dunkel um sie herum, doch die Leichtigkeit scheint zu bleiben.

Maggie kriecht aus der Höhle hervor.

Die Farben der Umgebung wirken heller und klarer, wie in ihrer reinsten Form.

Ein kalter Lufthauch, frische, reine Waldluft.

Maggie nimmt einen tiefen Atemzug. Langsam kehrt ihr normales Bewusstsein zurück.

Doch irgendwas ist anders.

Ein Funke der Erfahrung bleibt in ihr.

Ein Funke, der ein großes Feuer entfachen wird, nach und nach.

Maggie geht die Wege entlang ohne zu denken, ohne nach der Richtung zu schauen.

Weiter und weiter.

Die Stille und die Menschenleere scheinen nun angenehm, natürlich.

Sie geht weiter und findet sich auf den vertrauten Feldwegen wieder.

Die Dämmerung naht, das Licht verändert sich. Die dichte Wolkendecke reißt auf und badet Maggies Blick in weißes Licht.

Ein heller Strahl, Maggie schaut direkt hinein.

Er weist ihr den Weg.

Den Weg zu ihr selbst.

Einige Monate vergehen, in denen Maggie viel mit sich selbst beschäftigt ist.

Oft denkt sie dabei an den kurzen Augenblick mit Rose. Aus irgendeinem Grunde, hat sie das erlebte tief beeindruckt. Es war so anders, so neu und zart.

Nicht vergleichbar mit dem, was Maggie mit all den Männern erlebt hat.

Sie würde Rose gerne wieder sehen, aber wie?

Kapitel 10

E in heißer Tag.

Es ist richtig Sommer geworden mittlerweile.

Maggie hat sich ein luftiges Kleid angezogen, mit weißer Spitze am Saum und zwei dünnen Trägern, die sie im Nacken zu einer Schleife geknotet hat.

Ihre roten Locken fallen sanft über ihre Schultern.

Sie sieht aus wie ein Engel, wenn sie barfuß den Waldweg entlang läuft und der Wind zärtlich ihre Umrisse berührt. Ein kleiner Engel, nicht von dieser Welt und doch ganz hier um sich und alles andere zu erspüren.

Maggie konzentriert sich ganz auf ihre Schritte.

Das warme und stachelige Gefühl, wenn die Fersen die von der Sonne aufgeheizte Erde berühren und beim Abrollen sich die Zehen auf kleine Steine und Äste drücken.

Sie spürt die Berührung mit der Materie.

Das grobe Gefühl des Verschmelzens mit der Stofflichkeit.

Die Trennung, das Eins werden.

Hin und her.

Die sommerfrische Luft ist getränkt von blumigem Duft nach Kirchblüten, Flieder und frisch gemähtem Gras.

Der Wegesrand ist übersät mit den unterschiedlichsten farbigen Gewächsen. Das grelle Blau der Wegwarte und das zartblasse Rosa der kleinen Rosenblüten, die in ihrer perfekten geometrischen Anordnung an ein Lotusgewächs erinnern.

Maggie berührt alle Blumen und Pflanzen, genauso, wie die Pflanzen ihre Seele berühren.

Die stille Präsenz der Pflanzen ist einzigartig und Maggie versteht es, sich mit ihnen zu verbinden.

Sie betritt den Raum in dem sie sind und ist mit ihnen dort.

Und dadurch, dass Maggie sie dort besucht, erkennen die Pflanzen, dass sie dort sind.

Maggie zeigt es ihnen, weil sie bewusst mit ihnen ist.

Ganz besonders aber liebt Maggie eine Pflanze, die nur an einer bestimmten Stelle des Weges wächst, ganz am Rande, an einem schattigen Hügel wächst eine Gruppe dieses besonderen Geschöpfes. Sie besteht nur aus Blättern, vielen Blättern, die sich von der Wurzel nach oben hin mehr und mehr auffächern und jede runde Blätter-reihe bringt aus ihrer Mitte jeweils neue junge Blätter hervor.

Sie gebären sich quasi wieder und wieder aus sich selbst und wachsen dabei ins unendliche empor.

Maggie liebt diese Pflanze besonders wegen ihrer ein-zigartigen Oberflächenstruktur. Die grüne chlorophyll-haltige Blätterschicht ist durchgehend mit einem unsag-bar zarten Flaum überzogen. Ein weicher und zarter Flaum aus unzähligen weißen Flimmerhärchen, die sich nahtlos zu einem pelzartigen Überzug formen. Maggie liebt es diese Blätter zu berühren und sanft zu streicheln. Besonders die inneren Blätter sind wunderbar zart und geschmeidig.   Immer wenn Maggie diesen Weg ent-lang läuft, bleibt sie stehen um dieser wundervollen Schöpfung der Natur ihre Aufmerksamkeit zu schenken und sie liebevoll zu streicheln.

Maggie weiß, dass die Pflanze das spürt und nimmt den fließenden Austausch zwischen ihr und der Pflanze wahr.

Es ist schon Abend geworden, als Maggie auf einem die-ser Hügel hoch über der Stadt Platz nimmt.

Ein kleiner Felsvorsprung bietet ihr Zuflucht und einen imposanten Ausblick.

Wenn das Tal und die lebendige Stadt winzig erscheinen und sie erhaben in die Ferne blicken kann, ist sie eins mit dem Kosmos, verbunden mit der Unendlichkeit und das einzig und allein in diesem einen Moment des Hinabschauens.

Die Dämmerung liegt hier längst in der Luft.

Eine Mischung aus schwüler, schneidender Luft und der abnehmenden Helligkeit verbindet sich zu einer surrealen Umgebung.

Dieses spezielle Licht am Ende des Tages, das in mystischer Weise den Übergang zwischen Tag und Nacht markiert stimmt Maggie etwas melancholisch. Es trägt in einzigartiger Weise sowohl das Verschwinden des Tageslichtes, als auch das Erscheinen der nächtlichen Dunkelheit in sich. Eine Art Verschmelzen von Tag und Nacht, von Hell und Dunkel, Tod und Geburt und das alles in einem Moment der Gleichzeitigkeit, in welchem beide Pole im Augenblick ihrer stärksten Gegensätzlichkeit voneinander angezogen werden und wieder zueinander finden um sich zu vereinen.

Dieser Moment ist heilig. Er ist die Schöpfung von etwas Neuem, was schon ewig existiert und dennoch in seinem Getrenntsein unerkannt blieb.

Dieser Moment ist göttlich und er ist ewiglich.

Maggie wird eins mit diesem Moment.

Jetzt.

Für immer.

Am nächsten Morgen beschließt Maggie schon ganz früh sich zu einem kleinen Waldsee in der Nähe aufzumachen.

Sie packt ein paar Dinge für den Tag zusammen und verlässt ihre Wohnung. Bereits der kleine Kiesweg dahin liegt mitten in der Natur.

Die Sonne brennt.

Jede einzelne Zelle von Maggies Haut ist erhitzt.

Ihr Gemüt ist leichter als sonst.

Die Unbeschwertheit der Tage schwebt wie eine lautlose Melodie durch Raum und Zeit.

Ein Windhauch der Leichtigkeit zieht vorüber und erfüllt den Moment.

Nichts, was nun wichtiger scheinen würde, als einfach zu sein.

Maggies Pantoffeln erzeugen beim Gehen über den sandigen Kieselsteinweg ein lautmalerisches Knirschen.

Langsam setzt sie einen Fuß vor den anderen.

Sie ist vorsichtig.

So viele Lebewesen, die den Boden unter ihr besiedeln und Maggie will sie nicht töten.

Bewusst und sanft gleitet sie voran.

Maggie genießt die wundervolle Flora um sie herum.

Prächtige Farben, Düfte und Geräusche. Das Zirpen der Grillen ist Musik in Maggies Ohren.

In stiller Anmut nähert sich ein Schmetterling.

Geräuschlos und doch voller Pracht.

Wie er lieblich von Blüte zu Blüte tänzelt und an den Kelchen der Kleeblüten saugt. Eine einzigartige stille Präsenz umgibt ihn.

Maggie ist fasziniert von seiner stillen Lebendigkeit.

In einem Moment wie diesem genießt Maggie das pure Sein.

Nichts ist verfälscht durch negative oder positive Emotionen oder Gedanken.

Gerade heute noch wurde ihr bewusst, wie leicht sie aus diesem Raum des Seins hinausgetragen wird.

Ein Gespräch mit jemandem, aufwühlende Neuigkeiten, Probleme, Sorgen, irgendwelche gedanklichen Konzepte, die die einzigartige Stille stören. Aber nicht die Gedanken selbst, nein, lediglich die eigene meist unbewusste Bewertung bestimmt das emotionale Empfinden und damit leider auch oft den Grad des Entfernens vom eigentlichen Sein.

Das Urteil kreiert Emotionen, die das Sein verschleiern.

Dabei ist es allezeit vorhanden.

Gerade negative Emotionen erschweren das Durch-dringen zum eigentlichen Sein enorm.

Maggie fällt es noch sehr schwer, trotz negativer Emoti-onen den Zugang zur Quelle des Seins aufrechtzuerhal-ten. Dann geht die Leichtigkeit verloren, alles wird blass und leer. All die Ablenkungen, die einst diese Leere füll-ten, sind größtenteils verschwunden und der Zugang zur Quelle ist verdeckt.

Der Strom der Liebe fließt nicht mehr nach Außen, das Bewusstsein bleibt auf die Gedanken und Emotionen be-grenzt.

So, als wenn alles verschwunden ist und nur noch ein unendlich leerer Raum zurückbleibt, in einem selbst und um einen herum.

Nirgends ist eine Verbindung zu irgendetwas oder ir-gendjemandem im Außen.

Es ist nichts.

Es ist Nacht.

Doch der Morgen dämmert bereits.

Maggie hält inne und betrachtet das wunderschöne Ro-sengewächs am Wegesrand.

Es ist von ungemeiner Anmut und ragt mit seinen Blütenknospen fast bis auf Maggies Kopfhöhe aus der trockenen Erde empor. Diese Dornen kontrastieren die blütenzarte Anmut der Knospe und verhindern ein ungewolltes Berühren.

Maggie wird die Pflanze nicht berühren.

Nein.

Sie ist verzaubert von ihrer sanften Schönheit, die sich in ihren Spitzen offenbart. Das blasse Gelb der Blätter ist so zart, dass es fast gänzlich in weiß schimmert, sobald das Sonnenlicht deren Oberfläche trifft.

«Ein Ebenbild von Rose», flüstert Maggie. «Wenn sie nur hier bei mir sein könnte!»

Maggie beugt sich nach vorne um ihre Nasenspitze in die Nähe der Blütenknospe zu bringen.

Ein tiefer Atemzug.

Der Duft von lieblicher Yasmina dringt zu ihr empor.

Sie schließt ihre Augen und Atmet erneut.   Maggie spürt wie die Pollen in ihre Lungen eingesogen werden und sich die Partikel mit ihr vereinen.

Ein Gedicht.

Als Maggie ihren Blick wieder von der Schönheit der Rose abwendet wird er wiederum ins Gegenteil verkehrt.

Die Bäume und Sträucher, die ringsum stehen, sind bereits leicht verdorrt und haben ihr erstes Laub frühzeitig verloren.

Es ist noch mitten im Sommer und der Tod liegt bereits bedrückend in der Luft.

Die Spitzen vieler Blätter sind bereits bräunlich gefärbt und ausgetrocknet und hinterlassen eine gelbe Färbung auf dem unteren Teil des Blattes. Das gesunde Grün ist noch dominant, aber der Hauch der Vergänglichkeit hat sich längst ausgebreitet und wird mehr und mehr die Lebendigkeit vereinnahmen, solange, bis nichts mehr von ihr übrig bleibt.

Ein Kampf dagegen wäre sinnlos, ein Aufbäumen zwecklos.

Alles vergeht, so wie es entstanden ist.

Die Lebendigkeit birgt in ihrer Blüte bereits ihr eigenes Absterben und wartet nur darauf die Seiten der Medaille zu wechseln.

Vom einen zum anderen Ufer, das Strömen des Flusses ist nicht aufzuhalten.

Im Gegenteil, die Andersartigkeit will bejaht werden.

Ein Anerkennen ihrer Einzigartigkeit, urteilsfrei.

Ist das möglich?

Maggie hat den Waldsee erreicht und breitet etwas versteckt im hohen Gras eine kleine Wolldecke aus, um sich darauf auszuruhen.

Niemand sonst ist hier.

Nur sie und die göttliche Natur.

Maggie öffnet ihre Augenlieder einen Spalt und blinzelt der Sonne entgegen.   Nicht zu sehr, sonst würde sie erblinden, aber gerade genug um den kraftvollen Energiestrahl in ihr Inneres zu lassen.

Die Sonne gibt ihr neue Kraft.

Etwas unbeholfen kramt sie in ihrer Tasche nach der Sonnencreme, um ihre Haut nicht zu sehr erröten zu lassen.

Maggie hat eine sehr blasse, helle Haut.

Nichts.

Sie stülpt die Tasche von innen nach Außen und verteilt all die mitgebrachten Utensilien im Gras, doch keine Sonnencreme.

Dafür springen ihr einige zerrissene Papierfetzen ins Auge, die sich in der alten Tasche befanden. Maggie versucht sie zu sortieren und zusammenzustecken, um zu sehen um was es sich handelt. Eine Postkarte, mit einem Zitat und einer Werbung für eine Veranstaltung, die sie offenbar irgendwo erhalten und für unwichtig befunden hat.

*«Es ist unmöglich, dass ein Mensch die Sonne schaut,
ohne dass sein Angesicht davon hell wird.»*

Daneben stehen Datum und Ort einer Veranstaltung.

Maggie kann aber nicht erkennen, um was für eine Veranstaltung es sich handelt, da ein Stück der Karte fehlt.

Aber irgendwie ist Maggie diesmal von dem Spruch angetan.

«Das ist ja Übermorgen!» Maggie reißt die Augen auf.

«Was für ein merkwürdiger Zufall, dass ich die Karte gerade heute finde! Und dann auch noch Nähe der Küste, es wäre so schön, die nächsten Tage am Meer zu verbringen.

Da fahr ich hin.»

Nachdem Maggie diesen Entschluss gefasst hat, braucht sie eine Abkühlung und springt samt ihrer Kleidung in den See.

Das Wasser ist warm klar.

Ihr Kleid ist schnell mit Wasser vollgesogen und das Schwimmen ermüdend, deshalb will Maggie zurück auf ihre Decke.

Das weiße Kleid hat sich eng an ihre Haut geschmiegt und zeichnet ihre festen Brüste darunter ab.

Maggie trägt lediglich einen Slip.

Sie mag das Gefühl der nassen Kleidung auf ihrer erhitzten Haut.

Zum Trocknen zieht sie es jedoch aus und legt sich nackt auf ihre Wolldecke.

Der leichte Windhauch trocknet ihre Haare und prickelt auf ihrer samtigen Haut. Gut, dass niemand sonst am See ist, der sie so sehen könnte.

Obwohl gerade diese Vorstellung, dass jemand sie heimlich aus der Ferne beobachten könnte, eine gewisse Erregung in Maggie entfacht.

Eine Erregung der Unnahbarkeit.

Jemand, der sie anschaut, sie zaghaft bewundert, der im verborgenen bleibt, der die Wassertropfen von ihren Brüsten hinablaufen sieht, einen Blick auf ihre unbedeckte Scham richtet und dabei still errötet, obwohl er weiß, dass er unsichtbar für sie ist.

Aber heute ist niemand da, der ihre Phantasie beflügeln könnte.

Maggie bricht auf, es dämmert bereits.

Am Ende des Tages, wenn die Sonne ihre Strahlkraft verliert und sanft in rötlichem Schimmer am Horizont schwebt, dann entsteht ein besonderer Raum für Andächtigkeit und Heilung.

Die Strahlen der Sonne blinzeln durch die Äste der Laubbäume hindurch und tauchen den Himmel in Pastell.

Das ist die Zeit, in der Maggie still `gen Horizont blickt und versucht die Flamme des Himmelskörpers in sich aufzunehmen.

Tagsüber würden ihre Augen noch von der Helligkeit erblinden, aber kurz vor dem Sonnenuntergang kann sich Maggie mit der Sonnenkraft voll und ganz verbinden.

Es ist wiederum ein Moment besondere Empfänglichkeit für die stille Präsenz göttlicher Allgegenwärtigkeit in der Natur.

Ein Moment der alles offenbart, was existiert und alles ermöglicht.

Im Erleben puren Seins tritt die Heiligkeit hervor die sich in der Natur verbirgt.

Es ist ein Moment, in dem sich Maggie Eins mit dem Kosmos fühlt.

Diese Momente werden immer häufiger.

Auch nicht immer ist ein Medium, wie beispielsweise dieses gesteigerte Erleben in der Natur dazu nötig, nein, oft gelingt es Maggie nunmehr, das reine Sein direkt zu spüren.

Aber es gibt so viele Dinge, die sie noch oft daran hindern.

Zu oft.

Kapitel 11

Der Tag der Reise ist gekommen.

Maggie macht sich auf den Weg ins Unbekannte, die zusammengeklebte Karte in der Hand.

Sie ist gespannt, was sie dort erwarten wird.

Bereits aus der Ferne erkennt Maggie die hell erleuchtete Halle, in der die Veranstaltung stattfinden wird, nur unweit vom Hafen entfernt.

Davor und an den Seiten tummelt sich eine große Menschenmasse, die auf irgendetwas zu warten scheinen.

Der Eingangsbereich ist ebenso zahlreich gefüllt.

Maggie tritt hinein und sieht zahlreiche Plakate von einem Meister, der hier heut erscheinen wird. Maggie erkennt eine Warteschlange, die sich an einer Ecke gebildet hat, in die man sich offenbar einreihen muss um teilzunehmen.

Sie reiht sich ein.

Plötzlich spürt Maggie eine warme Handfläche auf ihrer linken Schulter, eine vertraut wirkende Energie.

Sie dreht ihren Kopf und blickt in die meerblauen Augen von Rose.

Ein zärtlicher, stiller Blick, der keiner Worte bedarf.

Beide umarmen sich herzlich.

«Schön, dass ich dich hier treffe Maggie.

Ich habe lange auf dich gewartet.

Mein Herz hat auf dich gewartet.

Viel zu lange.»

Die Worte von Rose berühren Maggies Herz wie nie zuvor.

Ein vertrautes Gefühl, dass nicht erklärbar für sie ist.

«Komm, wir holen die Einlasskarten und folgen unserem Herzen.

Einfach spüren…»

Rose nimmt Maggies Hand und führt sie in Richtung des Raumes, in dem sich der Meister zeigen wird. Maggie ist unsicher, was nun geschehen wird.

«Der Meister wird deine Seele mit seinem Blick umarmen und mit seiner Liebe die festen Energieknoten der

Vergangenheit lockern. Lass alle Vorstellungen und Gedanken los und versuch nur seinem Blick zu folgen.

Lass dich hineinfallen und spür was geschieht.»

Die Worte von Rose verhallen noch leise in Maggies Ohr, als der Meister bereits schwebenden Schrittes die Tribüne des Saales betritt.

Sein Blick richtet sich allumfassend in den Raum.

Maggie erschrickt, denn ihr wird schlagartig heiß und ihr Körper beginnt wie im magnetischen Sog vor und zurück zu pendeln.

Ihr Herz rast.

Sie starrt nun gebannt in die Augen des Meisters.

Ein allesdurchdringender Blick.

Ein Strahl, der sich über die Masse erhebt und durch jede Zelle hindurchbrennt.

Maggie hat den Eindruck, dass die Kraft in nur einer Sekunde in der Lage ist, ihr Energiefeld enorm anzuheben, soweit, dass sie augenblicklich aus ihren Gedanken in den gegenwärtigen Moment fällt.

Hier ist nichts mehr, außer das allumfassende Sein.

Von jetzt auf gleich.

Sofort.

Der Meister wirkt entrückt, wie in einer anderen Welt.

Ein Engel in Menschengestalt.

Maggie schwebt.

Alles in ihr wird leicht und vibriert.

Sie hält den Blick.

Der Meister verschwimmt vor ihren Augen.

Sie erkennt die einzelnen flimmernden Energieparti-kel in und um ihn herum.

Er ist flimmernde Energie selbst, fast so, als würde seine physische Form sich auflösen und vor ihren Augen feinstofflich werden.

Die materielle Illusion beginnt mehr und mehr zu brö-ckeln.

Nach kurzer Zeit verlässt der Meister den Raum.

Diese Zeit, dieser einzige Moment, der Maggie wie eine Ewigkeit vorkam und der nie wieder hätte enden sollen.

Dieser eine wahre Moment, die unendliche Liebe, all das soll für immer sein.

Es ist für immer.

Rose nimmt Maggies Hand und führt sie nach draußen.

«Deine Augen leuchten so wundervoll Maggie!» Rose berührt sanft Maggies Haar und lächelt sie zaghaft an.

Maggie ist nicht mehr die Gleiche wie zuvor.

Das innere Leuchten, das schnellere Vibrieren der physischen Zellen, all das trägt sie nun mit sich.

Maggie und Rose beschließen noch einige Tage in der Stadt am Meer zu bleiben und beziehen ein kleines, gemütliches Zimmer im nahe gelegenen Hotel.

Ein wenig Zeit um zur Ruhe zu kommen und das Geschehene wirken zu lassen.

Denn diese Zeit nach solchen Erlebnissen ist eine wichtige Zeit und nicht immer eine Angenehme, das weiß Maggie nur zu gut.

Es ist eine Zeit der Reinigung, eine Zeit der Verarbeitung, des Loslassens.

So, als wenn die plötzlich eintreffende hohe Frequenz des Lichtes all ihre Zellen aufwirbeln würde, der emotionale und seelische Staub aus dem hintersten Eck empor gewirbelt und hinausgetragen wird.

Eine Art Welle, die Maggie schon so oft erfasst hat, die sie mitreißt und in ungeliebte Erfahrungen und Gefühle wirft, um sie zu sehen, zu spüren und mehr und mehr abzuschwächen, bis sie irgendwann völlig erlöst sind.

Die Nacht verbringen Maggie und Rose eng umschlungen in den Daunen des kuscheligen Hotelbettes.

Es herrscht eine Nähe zwischen den Beiden, die Maggie so vorher nicht kannte, eine vertraute, wortlose Nähe. Eine Art Urnähe, die aus dem Inneren, aus der Seele strömt, ja geradezu personen- und körperlos zu sein scheint. Es existiert keine Fremdheit zwischen den Beiden, kein Unwohlsein wenn der Andere da ist. Niemand muss sich verstellen oder verändert sein Auftreten und Verhalten wenn der Andere gegenwärtig ist.

So, als wären sie eins, als würde das Eine aus beiden strömen und sich vereinen ohne dabei irgendeine Art von Trennung sichtbar werden zu lassen.

«Rose, wenn du in meiner Nähe bist, kann ich mich selber spüren, ohne, dass ich irgendetwas dafür tun muss.

So natürlich, als wärst du der Spiegel, der mich tief in mein Inneres führt.»

Rose strahlt und streift liebevoll durch Maggies Haar.

«Du bist Ich und Ich bin Du.

Unser Inneres entstammt derselben Quelle und in gegenseitiger Gewahrsamkeit berühren wir die göttliche Existenz des Seins in uns. Wir bringen sie zum Klingen, die wahrhaftige Präsenz ermöglicht das.

Es gibt keine Trennung.

Das eigentliche Sein strömt durch uns.

Wir sind das Sein.

Wenn ich nun in deine Augen schaue, sehe ich die Unendlichkeit, denn die Stille ist mit dir.

Die Tiefe des Moments scheint durch dich hindurch und lässt dich erstrahlen.

Du bist transparent und das göttliche Sein leuchtet durch dich.

Gott ist durch dich.»

Rose beugt sich vor und flüstert leise in Maggies Ohr:

«Wenn der Geist sich in Frieden hüllt, so spür ich dich…

Wenn mein Herz in deiner Liebe ruht, umarmst du mich…

Wenn das Licht mich erfüllt, seh ich dich…

Wenn die Stille meine Sehnsucht ist, dann rufst du mich…

Wenn das Feuer mich durchbrennt, bin ich bei dir…

Wenn die Wahrheit sich in tiefer Ordnung offenbart, so sprichst du durch mich…

Wenn ich bewusst den Moment der Nicht-erfahrung lebe, dann bin ich durch dich…»

Maggie und Rose ziehen ihre Mäntel an und spazieren Richtung Meer.

Es ist frisch draußen.

Ein starker Wind bläst ihnen entgegen.

Es wird wieder Herbst.

Hand in Hand schlendern die Beiden den kiesigen Strand entlang und blicken hinaus auf die Weite des Ozeans.

Die Wellen brechen rhythmisch mit tosendem Rauschen gegen die Felsen.

Ein meditativer Klang, der die Natur in jede einzelne Zelle bringt und ihr ihre harmonischen Vibration vermittelt.

Maggie und Rose nehmen Platz auf einem kleinen Steg, der ins Meer hinaus reicht.

«Wir sind eins mit dem Meer, wir sind eins mit dem Kosmos.

Wir sind eins.

Wir sind.»

Rose weitet ihren Blick und atmet tief in ihren Bauch.

«Lass uns die Einheit erfahren.

Nur du und ich und das Meer.

Jetzt. Für immer.

Ewig in diesem Moment.

Nur ein Wimpernschlag.

Nur ein Atemzug.

Es ist nur ein Wimpernschlag zwischen Leben und Tod, zwischen hier und dort. Zwischen Euphorie und Verzweiflung. Zwischen jeder Polarität.

Jetzt.

Immer jetzt.

Nur ein Wimpernschlag.

Nichts ist dazwischen, fast nichts.

Aber gerade dieses Nichts beinhaltet die Trennung, kreiert die Trennung.

Die Trennung, die gar nicht existiert, außer in uns, in den trennenden, urteilenden Gedanken.

Sonst nirgends.

Nicht einmal wirklich dort.

Nur ein Wimpernschlag und du bist frei.

Dieser Moment ist kostbar, sei dir dessen immer bewusst, denn es ist alles was du hast.

Er ist alles.

Alles was je war und sein wird.

Jetzt.

Genau jetzt.

Für immer.

Bist du.

Wenn wir bewusst sind in diesem einen Moment, der für immer währt, dann sind wir frei.

Wir sind frei von unserer gedanklichen Vergangenheit und Zukunft, von den emotionalen Grenzen und vom seelischen und körperlichen Leid.

Das pure Sein strömt durch unseren Körper.

Wir sind dann das reine Sein.»

Rose steht auf, hebt die Arme empor und stellt sich gegen den Wind.

Tief und völlig präsent blick sie in Maggies Augen.

«Wenn man den Wind spürt und die Schwingung der Natur einen voll und ganz durchdringt, wenn man läuft und eins ist mit Allem, was einen umgibt, dann muss man zuhause sein, genau in diesem Moment.

Ewig zuhause.

Im Herzen.

Und wenn wir zuhause sind, überall, an jedem Ort, egal wo wir auch sein mögen, ob in tiefer Freude oder in unerträglichem Leid, wenn wir die Stille sind, selbst bei stürmischer See, dann gibt es nur eine Gewissheit, die uns an diesen Ort in uns trägt, nämlich die des existierenden Seins selbst.

Unser Selbst ist das Sein und es strömt, wenn wir dessen gegenwärtig sind, durch unser Herz und bringt uns die reine Liebe, die wir solange vergeblich im Außen gesucht haben.

Wir erfüllen unseren Körper mit dieser göttlichen Gegenwart.

Mit dem puren Sein, das wir in Wahrheit sind.

Wir müssen das Alte loslassen.

Alles in uns muss sterben.

Die Gedanken, die Illusion, damit wir zu Neuem erwachen können, zu unserem wahren Sein.

Es ist die dunkle Nacht, ein kleiner Tod in uns, der das neue Leben bringt. Wie eine Raupe, die ihr Ende gekommen glaubt und am neuen Morgen zum Schmetterling erwacht, genauso erwachen wir zu unserem wahren Sein.

Stirb.

Erwache.

Sei.»

Maggie weint.

Ihre Seele weint.

Sie hat es begriffen.

Sie weiß nun, wer sie ist.

Sie weiß, dass sie niemand ist, dass genau dann, wenn dieser Jemand in ihren Gedanken stirbt und ihre Gedanken schweigen, ihr wahres Sein, das Sein zum Vorschein kommt und durch ihren Körper ist.

Gott ist.

Maggie nimmt ein kleines Holzstück vom Boden auf und geht damit in Richtung Brandung.

Ihre Fußspuren drücken sich im Schlamm ab, sobald das Meer sich zurückzieht und werden kurz darauf von einer neuen, auslaufenden Welle hinfort gespült.

Die Vergänglichkeit ist unmittelbar.

Die Physis ist fragil und endlich, doch das allumfassende Sein permanent und ewiglich.

Maggie zeichnet mit dem Holzstück in den glatten Schlick.

«Bin Ich?»

Sogleich spült die Brandung die Zeichen fort und macht sie ungeschehen.

«Wenn die Wahrheit mit mir ist

bin ich in dir und du in mir»

Zeile für Zeile trägt Maggie ihre Worte in die Erde, um sie alsbald wieder im Nichts verschwimmen zu sehn.

«wir sind, wir waren und werden immer sein

doch nur, wenn wir nicht sind

was wir scheinen

ist die Wahrheit mit uns

und wir sind wirklich.»

Rose nimmt das Holzstück aus Maggies Hand und setzt die Zeichnungen fort.

«Das Unwirkliche wird sichtbar

wenn das Sichtbare unwirklich wird

sind wir bereit

zu sein, was wir in Wahrheit sind?»

Maggies Augen leuchten und beide strahlen sich an.

Gemeinsam schreiben sie den letzten Satz.

«Nicht sein, um zu sein

was wir schon immer sind

inmitten dessen, was wir scheinen zu sein

sind wir allezeit

das Sein»

Sie werfen das Holz ins Meer, während die Brandung die Spuren im Schlamm längst beseitigt hat.

Nur ein Moment.

Ein Moment in dem alles ist und gleichzeitig nicht ist.

Dieses eine Jetzt, das dir zeigt, du bist.

Ewig.

Zeitfracht Medien GmbH
Ferdinand-Jühlke-Straße 7
99095 Erfurt, Deutschland
produktsicherheit@kolibri360.de